集英社オレンジ文庫

あやかし華族の妖狐令嬢、陰陽師と政略結婚する 3

江本マシメサ

あやかし華族の妖狐令嬢、陰陽師と政略結婚する3

目次

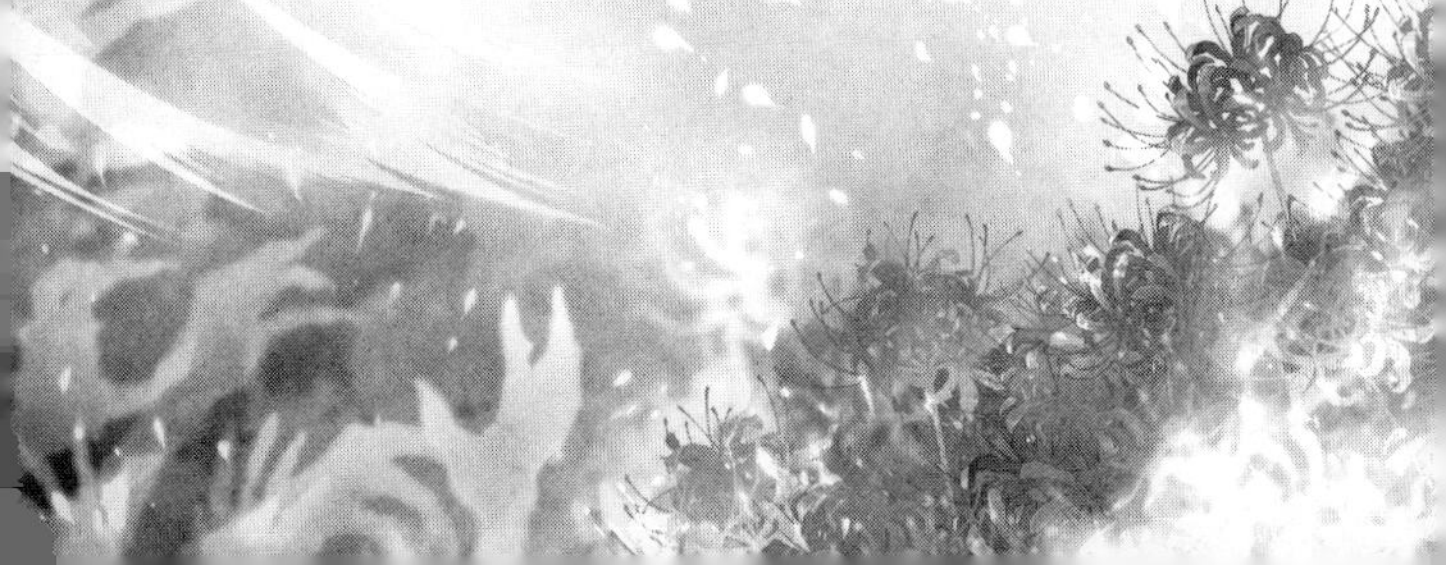

あやかし華族の妖狐令嬢、陰陽師と政略結婚する

3

第一章　妖狐夫人は母親に思いを馳せる

夫、祁答院伊月《けどういんいつき》は陰陽師《おんみょうじ》、私、蓮見瀬那《はすみせな》は妖狐《ようこ》——そんなありえない立場での結婚から早くも八ヶ月ほど経った。

絵に描いたような政略結婚だったものの、思いのほか、温かで幸せな家庭を築いているような気がする。

夫は御上《おかみ》の覚え《ひと》がめでたい優秀な陰陽師で、何事においても物事の本質を見抜いてしまうような男性だ。

黒橡《くろつるばみ》色の長い髪は絹のように美しく、髪の毛一本の乱れもないほど丁寧《ていねい》に纏《まと》められている。

涼しげな目元に、スッと通った鼻梁《びりょう》、キリリと結ばれた口元と、完璧《かんぺき》な美貌《びぼう》の持ち主なのだ。

高嶺《たかね》の花のような夫は、〝花《はな》むしろ〟で若女将《わかおかみ》として働いていた私を見初《みそ》めてくれた。

突然の求婚に困惑していたものの、心の奥底ではこれまでの努力を認めてもらえたようで、とても嬉しかったのを今でも思い出す。

結婚してもお飾りの妻で在ればいいのだろう。そう思っていたのに、夫は私を妻として大切にしてくれた。

私が妖狐であるがゆえに、陰陽師である夫との結婚生活に不安を覚えていた。けれどもそれは杞憂《きゆう》に終わる。

祁答院家の当主は九尾《きゆうび》の狐に変化できる異能を持ち、その能力は代々受け継がれている。

つまり私達は九尾の狐と妖狐の夫婦だったわけだ。

お互いの秘密を知ってからというもの、心の距離がぐっと縮まったような気がする。

これからは隠し事などなく、仲睦《なかむつ》まじい夫婦としてありたい。

そう、強く思っているのだった。

◇◇◇

祁答院家の庭の木は見事な紅葉を見せていたものの、北風が吹くようになり、あっという間に散ってしまった。

冬を肌で感じると、すぐにこたつに潜り込んでしまう。それくらい寒いのだ。

祁答院家の居間にある畳《たたみ》を一枚剝《は》がすと、掘りごたつとして使えるような構造になっているらしい。

火鉢《ひばち》を底に入れて、机に布団を被《かぶ》せる。すると、足元が夢みたいに温かくなるのだ。

蓮見家では父が「こたつは妖狐を堕落《だらく》させる!!」と主張し、使用を禁じていた。

たしかに、こうしてこたつの中に入ると出たくなくなるし、心地よい温かさが眠りを誘ってしまう。こたつでみかんを食べるだけで幸せだと思ってしまうので、父の言っていたことに間違いないのかもしれない。

こたつがなかった蓮見家とは異なり、祁答院家の冬にこたつは欠かせないらしい。

というのも、この辺りの寒さは帝都の比ではないのだとか。おかっぱ頭の少女に変化している天狐《てんこ》の、伊万里《いまり》が、説明してくれる。

「祁答院家の敷地周辺は北颪《きたおろし》が流れてくるんですよ」

山の斜面に沿って吹く強い風を〝颪〟と呼ぶらしい。

ここは山を背後に佇《たたず》む立地なので、酷《ひど》く冷え込むようだ。

「真冬になったら、雪がどっさり積もるんです」

「あら、そうなのね。帝都は雪で地面が白く染まることすら珍しいのだけれど」

雪が積もるのは鬼門《きもん》の影響で、空間が歪んでいるからだという。

つい先月は、低地ではあまり見かけない天然のマイタケが生えていると喜んでいたものの、雪深いのはかなり困る。

なんでも酷いときは、成人男性の膝がすっぽり埋まるほど降るらしい。

「雪国の方は屋根の雪下ろしが大変だって話を聞いたことがあるわ」

「ええ、そうなんです。毎年、虫明《むしあげ》さんが指揮を執《と》って、天狐達が雪下ろしをしているのですよ」

虫明というのは、祁答院家の筆頭《ひっとう》天狐である。五百年は生きているらしいが、見た目は穏やかそうな初老の男性だ。

「一回、深夜に屋根がみしみし鳴るから、とご主人様がお一人で屋根に登って、雪下ろしをしたこともあったそうです」

「まあ！　無茶をするわ」

屋敷の規模を考えたら、ひとりで雪下ろしをしようと普通は思わないのだが……。

「ご自身の家、という認識なので、天狐達がぼんやりしていたら、なんでもやってしまうそうです」

夫に働かせるわけにはいけないと、天狐達は毎日、抜かりないよう、準備万端怠《おこた》りなしの状態を保っているようだ。

快適な暮らしを提供してくれる彼らに、感謝したのは言うまでもない。

そんな話をしていると、襖《ふすま》が開く。

入ってきたのは、肩に白い烏《からす》を乗せた、お下げ髪の少女であった。庭の散歩に行っていたようで、戻ってきたのだろう。外は寒かったのか、頬《ほお》が真っ赤になっている。

「瀬那様、ただいま！」

「おかえりなさい」

彼女の名前は那々《なな》。

襖を閉めようとこちらに背中を向ける。すると、狸の尻尾《しっぽ》がふんわりと揺れた。

那々は天狐でなく、分福茶釜《ぶんぶくちゃがま》と呼ばれる、幸福を分けてくれるあやかしなのだ。

彼女はまだ幼く、変化は完璧ではない。そのため、人間の姿になっても耳や尻尾が出てしまう。

使用人の仕事も見習い中で、伊万里に習っている最中だ。

そんな那々の肩で元気よく「カー！」と鳴いているのは、八咫烏《やたがらす》である。

なんでも八咫烏は神に仕える神聖な生き物のようだが、なぜか祁答院家を気に入り、居《い》伊万里と那々、八咫烏は仲良しで、庭で遊ぶ様子は愛らしいとしか言いようがない。私の心を癒《い》やしてくれる存在なのだ。

すっかり冷え切っていた那々の頬を両手で包むように温めながら、話しかける。

「那々、お散歩は楽しかった？」

「うん、とっても。今日は、庭師のおじちゃんに、おみかんを貰《もら》ったの」

那々は着物の袖《そで》に入れていたみかんを、こたつの上に並べていく。

「これは瀬那様のおみかん、これは伊万里、こっちは八咫烏、これはわたしの！」

祁答院家の庭にはみかんの樹がある。美しい白い花を咲かせている頃から、みかんを楽しみにしていたのだ。

まずは八咫烏の分を剝《む》いてあげる。待ちきれないようで、八咫烏はキラキラした瞳を私に向けていた。

「八咫烏、はい、どうぞ」

「カア！」

みかんの皮をお皿のように置き、八咫烏へと差し出す。嘴《くちばし》を器用に使い、みかんの房を一枚一枚剝がしながら食べていた。

一方、伊万里がハラハラな様子で、那々のほうを見つめていた。

いったい何をしているのか、と那々を観察してみる。那々は眉間《みけん》に皺《しわ》を寄せ、みかんの皮を剝こうとしていた。

よくよく確認したら、那々の手は狸のものだった。尻尾を隠せていないだけでなく、手の変化も完璧ではなかったようだ。

狸の手でみかんの皮をどうにかするのは難しいだろう。

「那々、みかんの皮を剝いてあげるわ」

「え、あ、でも――」

みんなにしてあげるんだと示すために、伊万里はあとでね、と声をかけておく。

全員分の皮を剝いてくれるとわかったからか、那々は笑みを浮かべながらみかんを差し出してくれた。

手早くみかんを剝いて那々に返すと、待っていましたとばかりに受け取ってくれる。

最後に伊万里のも剝いてあげた。

祁答院家のみかんは皮が薄く、実はまるまるとしている。ひとつ頬張ると、薄皮がぷちんと弾け、甘い果汁がじゅわっと口の中に溢《あふ》れる。

とてもおいしいみかんなのだ。

みかんを食べ終わると、頬杖《ほおづえ》をついて眠りたくなる。たまにはうたた寝でもしようか。幸せな午後を過ごしたのだった。

夜になると、夫が仕事から帰ってくる。

「瀬那、ただいま戻った」

「伊月様、おかえりなさいませ」

夫は御上の側近のひとりとして務めている。以前までは日付が変わるような時間まで働いていたようだが、結婚してからは比較的早く帰ってきているらしい。

外は雪が降っていたようで、夫の頭や肩には雪がてんてんと散っていた。

雪をパタパタ払ってあげると、体が冷え切っていることに気付く。

「今日は、とても寒かったようですね」

「まあ、そうだな」

私は先ほどまでこたつで温まっていたので、思わず左右の手で夫の頬を温めてしまう。

夫が目を見開き、驚いた表情を浮かべた瞬間に我に返った。

普通、夫にこのような行為などしない。伊万里や那々みたいな、小さな子にするようなものである。

体が冷えていたら、一刻も早く風呂へ入るよう勧めるだけでいいのに。なんてことをしてしまったのか。脳内で頭を抱え込んでしまう。

急いで手を離そうと思った瞬間、夫は首を少しだけ傾《かし》げ、私の手にすり寄るような仕草を取った。

私の手が心地よかったのだろうか。

夫の様子はまるで、大型の獣が懐いてくれるようだった。

普段は冷静沈着で甘えるような素振りなどめったに見せないので、無駄にドキドキしてしまう。

「瀬那の手は温《ぬく》いな」

「えっと、こたつで温まっておりました。伊月様もお風呂に入って、じっくり温まってくださ い」

「ありがとう」

珍しく夫はやわらかな微笑《ほほえ》みを浮かべる。不意打ちの笑顔は心臓にかなり悪い。

いつまで経っても、夫に対してときめいてしまうのだった。

「どうした?」

結婚して数ヶ月も過ぎているのに、あなたにドキドキしていました、などと言えるわけがない。

　別の話題ではぐらかす。

「あの、今、思い出したのですが、お正月に向けて、お祝いの料理を作ろうと思っているのですが、祁答院家に伝わる特別な料理などはありますか？」

「御節供《おせちく》のことならば、特に食べていなかったが」

「そ、そうだったのですか!?」

　なんでも親戚《しんせき》との付き合いはなく、天狐《てんこ》以外、本家には誰もいなかったため、お正月の行事は何もしていなかったらしい。

「祁答院家はお正月のお祝いをしない、というわけではありませんよね？」

「ああ。父や姉がいた頃は、まあ、それなりの正月を迎えていたな」

　夫は遠い目で祁答院家のお正月について話していた。ここ数年、たった独りで過ごして寂しかったのかもしれない。

　もう二度と、そういう思いはさせない。

「伊月様、今年は盛大にお祝いしましょう！」

　拳を握り、訴えてしまう。

　夫は目をぱちくり瞬《またた》かせ、驚いているようだった。けれども、微笑みながら「わかった」と言ってくれた。

今年はとっておきの御節供を作ろう、と心の中で気合いを入れたのだった。

夫がお風呂に入っている間に、夕食の仕上げをする。

今日は旬《しゅん》のあんこうを使った、〝どぶ汁〟である。本当に酷《ひど》い響きの名前だが、由来は下水を流す溝《どぶ》ではなく、濁酒《どぶろく》のほうの〝どぶ〟である。

あんこうのあん肝《きも》をから煎《い》りしたものを溶かし入れると、汁が濁酒のように濁ってしまうので、このような名前が付いたようだ。

どぶ汁は大変手間がかかる料理で霜降《しもふ》り——臭《くさ》みや汚れをなくす処理をしなければならない。

まず、あん肝はお酒と塩を入れた液体に漬け込み、脂《あぶら》の臭みをしっかり除去。あんこうの身と皮は湯通しし、氷水に浸けて身を引き締める。

あんこうは捨てるところがないくらい、どの部位も食べられると言われている。胃袋や卵巣《らんそう》、えら、ひれなどは茹《ゆ》でて臭みを取り除いた。

鉄鍋《てつなべ》に火を入れ、すり潰したあん肝を、油を引かずに炒《いた》める。すぐに焦げてしまうので、弱火から中火くらいの火力で、慎重にから煎りするのだ。

あん肝をすり潰しつつ糊状《のりじょう》になったら酒、みりん、醤油《しょうゆ》で味を調え、練《ね》っていく。きれいに混ざったら味噌を入れ、臭み消しとして刻んだショウガを加えてさらに混ぜる。ちなみにどぶ汁は野菜の水分のみで煮込む。もともと漁師が船上で食べるために作った沖料理なので、貴重な水は使わなかったようだ。

ふつふつと沸騰《ふっとう》し始める前に弱火にして、ハクサイをたっぷり敷き詰めていく。そこにあんこうの身、皮、胃袋などのさまざま部位、シイタケ、長ネギ、ゴボウ、ダイコンなどを入れて煮込む。

野菜から汁が出てひたひたになったら、灰汁《あく》取《と》りを行う。

仕上げに水菜を投入し、少しぐつぐつさせる。ねじり梅の形に切って茹でた人参《にんじん》を飾ったら、あんこうのどぶ汁の完成だ。

ちょうど夫が風呂から上がったようなので、食事の準備ができたところだと声をかけた。

「伊月様、今日は温かい鍋です」

「そうか。夜も冷え込んでいるから、ありがたいな」

食事をする部屋は囲炉裏《いろり》があるだけでなく、火鉢《ひばち》がいくつも置かれているので部屋は暖かい。

炭がもったいないから、と火鉢は一部屋につきひとつまで、と制限があった蓮見家とは大違いであった。

私の側仕《そばづか》えをしてくれる天狐のひとり、お萩《はぎ》が、どぶ汁の入った鉄鍋を運んできてくれる。

天井から垂れ下がった自在鉤《じざいかぎ》に鍋を吊し、温めながらいただく。

「瀬那、今宵《こよい》はなんの鍋を作ったのだ？」

「ど……いえ、あんこう鍋です」

夫の前で、どぶ汁なんて言えなかった。もっと響きがきれいな言葉だったらよかったのだが。

「ほう！　あんこう鍋は家庭で作るのは難しいから、店でしか食べられない、という話を聞いたことがあるのだが」

「ええ。あんこうは捌《さば》き方が少し特殊で、図体《ずうたい》が大きく、表面がぬるついているため、まな板で切り分けられないので、吊して切るんです。それが難しいのでしょうね」

「なるほど。そういうわけか」

幸いにも、私は実家の料亭〝花むしろ〟で吊し切りの方法を習っていた。あんこう一匹を捌くなど、なんてことないのだ。

お萩が鍋の蓋《ふた》を開くと、夫は興味津々《しんしん》とばかりに覗《のぞ》き込んでいた。

「瀬那、このあんこう鍋は、通常のものよりも、こう、汁が濁っているな」

鋭い指摘を前に、降参するしかない。観念して説明する。

「伊月様、こちらはどぶ汁といいまして、から煎りしたあん肝に味噌を溶いて作る料理でございます。通常のあんこう鍋はあん肝を練っていないので、仕上がりに違いが出ているのでしょう。ちなみに濁酒のように濁っているので、どぶ汁と呼ばれているそうです」

通常、どぶ汁は料亭などで食べられない。その理由は名前の響きが美しくないから――ではなく、調理に手間がかかりすぎるから。

料亭で出されるようなあんこう鍋のあん肝は、蒸《ふか》したものを鍋に入れて味わっていただくばかりなのだ。

〝花むしろ〟では、予約が取り消しになったあんこうをどぶ汁にし、賄《まかな》いとして食べていた。私は賄いを作る係だったので、どぶ汁の作り方をしっかり把握《はあく》していたというわけである。

「どぶ汁という響きは微妙に聞こえるかもしれませんが、味は断然こちらがおいしいです」

この世には「どぶ汁はまずい！」、なんて言う不届き者が存在するものの、その人は臭み消しが甘い物を食べたのだろう。今回、これでもか、とあんこうの臭みを消す対策をしてきたので、安心して食してほしい。

どぶ汁はお萩が美しく装《よそ》ってくれた。ひとまず、夫が口にする様子を見守る。

初めてのどぶ汁のようだが、お口に合うだろうか。

まずは汁を一口。

「これは──うまい！　驚いた。あん肝を溶かして入れるだけで、味噌がこのように濃厚になるのだな」

夫の言葉を聞き、ホッと胸をなで下ろす。

「よかったです。初めて食べる人には、少し癖《くせ》を感じるかもしれない、と思っていたので」

以前、従弟《いとこ》の奏太《そうた》に食べさせたところ、微妙な顔をしていたのを思い出してしまった。子どもには渋すぎる味わいだったらしい。

通常のあんこう鍋のように、割り下にどぶ汁を溶かしたものを食べさせたら、「おかわり！」と言ってくれた。

あんこうの身はやわらかく、どぶ汁をしっかり吸っている。皮はぷるぷるで、胃袋やひれ、えらは噛《か》み応えがある。どの部位もたまらなくおいしい。

夫が丹精込めて作った野菜もどぶ汁との相性が抜群《ばつぐん》で、あっという間に食べてしまう。

最後に、締めのうどんを入れて煮込むよう、お萩に頼んだ。

「うどんは手打ちなんです」

鍋の締めはご飯がほとんどだが、ドブ汁は絶対うどん派だ。

茹でたうどんを鍋に投入し、ぐつぐつ煮込む。完成したものを、お萩が装ってくれた。

さっそくいただく。つるつるのうどんにあんこうの汁が絡み、極上《ごくじょう》の味わいとなる。

お腹いっぱいだったはずなのに、締めはするすると食べてしまうのだ。

「瀬那の作るどぶ汁は見事だった」

「お褒《ほ》めにあずかり、光栄です」

夫も満足してくれたようで、ホッと胸をなで下ろす。

食後に運ばれてきたのは、金柑《きんかん》の甘露煮《かんろに》である。

祁答院家の庭で採れた金柑を、口直し用に甘く炊《た》いていたのだ。

甘酸《あまず》っぱくて、皮の渋みがなんとも言えない。自分で言うのもなんだが、おいしく仕上がっていた。

温かい鍋を堪能《たんのう》したので、額が汗ばんでいた。夫も暑そうにしていたので、少しだけ窓を開ける。

「あ――――！」

「どうした？」

「星がキラキラ瞬いていたものですから」

夫も気になったようで、星空を覗き込む。

「まあ、冬はこれくらい見えるな」

「帝都のほうでは、星なんて一粒か二粒、見える程度なんですよ」

「そうなのだな」

帝都は街中に次々と新しい工場が建っていて、昼夜関係なくもくもくと煙が漂っている。おまけに最近は自動車が増えた影響で、空が霞んでしまうのだろう。

今、目の前に広がる夜空こそ、本来の姿なのかもしれない。

「ここで過ごす夜はとても静かで、星空は美しく、心が洗われるようです」

「帝都の夜はそうではないのか？」

「ええ。〝花むしろ〟は歓楽街にありますので、人々の喧噪《けんそう》やお酒の臭《にお》いが、本来あったはずの夜の空気を変えてしまっているのかもしれません」

「たしかに、夜回りしているときに見る帝都は、ここでの夜とは大きく異なるな」

祁答院家の夜はまるで、夫のように静謐《せいひつ》だ。とても美しいと思ってしまう。

夫と並び、星空を見上げる。

「そういえば、瀬那に聞きたいことがあった」

「なんでしょうか？」

夫は星空ではなく、私をじっと見つめていた。このように視線を浴びることなどめったにないので、少しどぎまぎしてしまう。

「結婚してから半年以上経ったが、私の妻で在り続ける覚悟はできただろうか？」

想定外の質問に、言葉を失ってしまう。

もともと妻になる覚悟で、祁答院家の当主である夫に嫁《とつ》いだ。覚悟なんて疾《と》うにできている、というのを夫はわかっていると思っていたのだが、まさか伝わっていなかったとは。

夫は私の手を握り、胸のほうへ持っていく。

とくん、とくんという夫の鼓動を、手のひらで感じていた。

「もうすでに、逃がしてやるつもりはないが」

そう口にする夫の瞳は、野生動物のようにギラついていた。

慌てて弁解する。

「伊月様、私はあなたの妻である覚悟など、とっくにできております」

「本当か？」

「嘘は言いません」

まっすぐ見つめながら言葉を返すと、夫は明らかにホッとしたような表情を浮かべた。

「瀬那に無理をさせているのではないのか、とずっと不安だった」

「無理だなんて、ぜんぜん感じておりません」

夫がそう思ってしまった理由は、私にあったらしい。

毎日せっせと働き、着物や櫛《くし》などは要求せず、ただただ静かに夫の背後で侍《はべ》り続けた。

楽にするように、と夫が勧めても背筋はピンと伸び、正座を崩しているところは見たことがない、と指摘されてしまった。

「申し訳ありません。それは長年〝花むしろ〟で働いていたときの癖だと思います」

若女将《わかおかみ》として在った私が、嘘偽りない普段の自分自身である。そのため、楽にするように、と言われても、どう崩せばいいのかわからないというのが本音だ。

とにかく毎日が充実していて、心も満たされている。夫の妻でいられることを幸せに感じている、と伝えた。

すると夫は安堵《あんど》の表情を浮かべつつ、思いがけない願いを口にした。

「ならば、そろそろ瀬那と寝所を共にしようと思っているのだが、問題ないな？」

「寝所、ですか」

「ああ、そうだ」

以前、疲れている夫を寝かせつけるために共寝した覚えはある。けれども毎日一緒に寝ているわけではなかった。

通常であれば、とっくの昔に寝所を共にしていても不思議ではない。けれども祁答院家と蓮見家が結んだ結婚は、もともと夫が他の縁談を断るための虫除けのような目的だった。さらに夫は、九尾《きゅうび》の狐に変化する呪われた血筋を次代へ受け継ぎたくなかった。その結果、これまで夫婦の契《ちぎ》りを交わしていなかったのである。

結婚から数ヶ月経ち、夫は考えがガラリと変わったと言う。

「この身は呪われてなどないし、しだいに瀬那との間に生まれた子を、愛《め》でたいと思うようになっていた」

夫は穏やかな表情で、子どもがいる未来について語っていた。

「私も、子どもがいたら、さぞかし賑《にぎ》やかで楽しいだろうな、と思っております」

そう口にしたものの、自分でも驚くくらい、動揺《どうよう》してしまった。

「瀬那、目が泳いでいる」

「あの……すみません」

「いい、気にするな。出産も、それに至るものも、女性の負担が大きい。瀬那が望まないのであれば、それでもよい」

「いいえ、違うんです！」

こんなにも心が揺れ動くのは、私の心の中に気まずいわだかまりがあるからだ。

夫は言葉にしなくてもいい、と言ったものの、首を横に振る。

これまで私が見て見ぬふりをしていた問題を、勇気を振り絞《しぼ》って伝えた。

「私は〝母〟という生き物が、まったくわからないのです」

私の母は物心をつく前に、男と一緒に蓮見家から逃げていった。当然、記憶なんて欠片《かけら》も残っていない。私を育ててくれたのは、蓮見家に仕える妖狐《ようこ》達だったのだ。

「私が母になったとき、子どもとどう接すればいいものなのか、考えるだけで胸が苦しくなってしまいまして」

覚えてもいない母の存在は、私の中で無意識のうちに大きくなっていた。

夫は私をそっと引き寄せると、優しく抱きしめてくれる。

「瀬那、もういい。わかったから、しばらくはこのままでいよう」

「いいえ、そういうわけには――」

「ならば、一緒に眠るだけにしよう」

それが今の夫と私ができる、新しい一歩なのかもしれない。そう言われてしまったら、受け入れるしかないだろう。

ただ、一点だけ心配があった。

「毎晩、伊月様の美貌《びぼう》を前にしながら、果たして眠れるのか心配なんです」

「……美貌？」

夫は「いったい何を申しているのか？」という表情で私を見つめる。

「あの、伊月様はご自身が大変お美しいのをご自覚なさっていないのですか？」

「美しいというのは、瀬那のような者を言うのだろう。それに比べれば、私なんぞ塵芥《ちりあくた》のようなものだ」

……やはり、夫は自分の顔のよさを理解していないらしい。

「言わせていただきますが、私は帝都で伊月様以上に美しい顔立ちをされた方を見たことがありません」

「まあ、美的感覚は人それぞれだからな」

私の美的感覚がズレているだけだ、と片付けられてしまった。

がっくりと脱力しているところで、夫が思いがけない提案を持ちかけてきた。

「ならば、私は瀬那が慣れるまで、九尾の狐の姿のままで眠るとしよう」

「九尾の狐のお姿で、ですか!?」

「ああ」

そういえば以前、夫は夜、狐の姿で眠っていた、なんて話をしていた。眠るときは人間の姿よりも、狐の姿のほうが楽だったようなのだ。

「承知いたしました。では、そのようにいたしましょう」

そう返すと、夫は満足げな様子で頷《うなず》いたのだった。


湯を浴び、伊万里や那々が髪に香油を揉《も》み込んでくれる。丁寧《ていねい》に櫛を入れると、髪がツヤツヤになるのだ。

今日は寝室に、二枚の布団が敷かれている。それを見るだけで、なんだか緊張してきた。

別に初夜を執《と》り行うわけではないのだが……。

夫は私を想い、機会をくれた。一緒に眠るようになったら、あの美貌にも慣れるに違いない。たぶん。

「伊万里、那々、今日もありがとう。もう下がってもいいわ」

「はい」

「わかった！」

返事をするのと同時に、那々は狸に変化する。まだ人の姿を保つのに慣れていないので、仕事以外は元の姿に戻ってしまうのだ。

伊万里はそんな那々を抱き上げ、ぺこりと会釈《えしゃく》して下がっていった。

八咫烏《やたがらす》は夕食のどぶ汁をお腹いっぱい食べ、そのまま眠ってしまったらしい。座布団の上に翼を広げ、気持ちよさそうにスースー寝息を立てている。

寒くはないだろうが、念のため絹の手巾を被《かぶ》せてあげた。

そうこうしていると、夫がやってくる。

「瀬那、待たせたな」

「いえ」

寝間着姿の夫は普段と違った意味で眩《まぶ》しい。昼間はしっかり整えている髪は、結ばずに垂らしている状態であった。

長い髪は行灯《あんどん》の光を受け、艶《つや》やかに輝いている。祁答院家の宝のようだ、と思ってしまった。

夫が布団の上に座り、向き合う形となる。

「伊月様の髪は、そのまっすぐで美しいですね」

私はくせっ毛で、いくら櫛を入れても右に左にと撥《は》ね広がってしまうのだ。

「この髪は雑草のように、ぴんぴんに生えたような髪だと感じていたのだが?」

「伊月様の髪は絶対に絹です！　決して雑草ではありません！」

私が力強く主張したのが面白かったようで、夫は珍しく噴きだし笑う。

「すまない。必死の形相《ぎょうそう》が、あまりにも愛らしくて」

「伊月様がご自身の髪の価値をご存じないようでしたので、わかっていただきたかったのです」

最終的に夫は、目尻に浮かんだ涙を拭《ぬぐ》っていた。

結婚した当初は、こんなふうに笑う男性《ひと》だなんて、まったく想像もしていなかった。

「瀬那の髪に、触れてもよいか？」

「えっと、はい。どうぞ」

伊万里と那々が一生懸命手入れしてくれたので、髪の状態はすこぶるいい。

香油を塗り込んでいるので、かぐわしい匂《にお》いもするのだ。

「瀬那の髪は、猫のようにやわらかいな。羨《うらや》ましい」

「私は伊月様のような、コシがあって輝く髪になりたいです」

「互いに、ないものねだりだな」

「本当に」

夫は私の髪を一房掬《すく》いあげると、口元へと持っていく。私をじっと見つめながら、口づけを落とした。

一瞬にして、頬《ほお》がカーッと熱くなり、恥ずかしさと同時に喜びがこみ上げる。

熱烈な愛情表現を受け、感情がかき乱されてしまった。

夫は髪を手放すと、私の目を手で隠す。一瞬の間に、狐の姿に変化したようだ。

九本の美しい尾を生やす白狐《びゃっこ》。妖狐の王である、九尾《きゅうび》の狐だ。

「伊月様、狐のお姿も、大変美しいです」

『瀬那に褒《ほ》められると、照れるな』

そう言って、夫は身をすり寄せてくる。毛並みがとってもふわふわしていて、とても温かい。

その身を抱きしめると、胸の中にいる夫が『ふふ』と珍しく声をあげて笑った。

「どうかなさったのですか？」

『いや、狐の姿だと瀬那へ自然に甘えられるし、瀬那も受け入れてくれると気付いてな』

「あ――！」

狐の姿だと、いつも以上に親近感を覚えるからだろう。

妖狐の王なのに恐れ多い、という感情はどこかにいっていたようだ。

『普段も、甘えられたらよいのだがな』

「人間の姿の伊月様に、このようにすりすりされたら、恥ずかしくて身動きが取れなくなってしまうかもしれません」

『うーむ。それでは初夜すらできないような気がするが』

「そ、そうでした」

ひとまず、こうやって夜を共に過ごすことによって、慣れないといけないのだろう。

『瀬那、そろそろ眠ろうか』

「はい」

勧められるがまま、布団の上に横になる。目を閉じようとした瞬間、夫が私の布団に潜り込んできた。

「なっ、い、伊月様!?」

『瀬那、もうちょっと端に寄れ。私の体がはみ出る』

「このお布団はひとり用です。ふたりで使ったら、風邪《かぜ》を引いてしまいます」

『それは問題ない』

夫はそう言って、九本の尻尾《しっぽ》を布団のように私の体に重ねてくれる。

ふわふわの尻尾は、極上《ごくじょう》の毛布のようだった。

夫の尻尾で眠るなんて恐れ多い。けれども、体は心地よい眠りに誘われていった。

一応、抵抗しようともがいてみせたが――。

『瀬那、もう眠れ』

「ううう……」

温かな九尾の狐の毛並みに埋もれるようにして、私は眠ったのだった。


翌日――目が覚めると、夫の姿はどこにもない。温もりすら残っていなかった。すでに起床し、畑仕事に励《はげ》んでいるに違いない。

思いのほか、昨晩は熟睡してしまったようだ。

火鉢《ひばち》の炭を追加してくれたのは、おそらく夫だろう。心の中で感謝しつつ、農作業着に着替える。

冬の朝はとてつもなく冷えるので、袷《あわせ》の着物に真綿がたっぷり入った半纏《はんてん》を合わせる。実家から持ってきたもので、十年ほど使っているので全体的にくたくただが、これが一番温かい。

もこもこで少し動きにくいが、これくらいしないと凍えてしまうだろう。

髪の毛を結い、頰《ほ》っ被《かむ》りをしたら、足元からか細い「カァ……」という鳴き声が聞こえる。八咫烏が寝ぼけ眼《まなこ》で、おはようと声をかけてくれたようだ。

「八咫烏、おはよう。朝ごはんまでには起きてね」

「カア」

八咫烏は少しだけ顔を上げ、翼で手を振るように見送ってくれた。

いつもの時間であるはずなのに、外は薄暗い。地平線にほんのりと、太陽の光が差し込んでいる程度だった。

「ううっ……」

寒い、と発言したら我慢できなくなりそうで、ごくんと呑《の》み込んだ。

地面に生える草花には霜《しも》が降りていた、うっすら凍っていた。歩く度《たび》に、ザクザクと音が鳴る。

土には霜柱が立ち、小さな氷が突起していた。帝都のほうでは、ここまで霜があるのを見たことがない。

昨日、伊万里が話していたとおり、ここは酷《ひど》く冷え込むのだろう。

畑に到着すると、夫は鍬《くわ》を握ってせっせと働いていた。

凍えるような朝でも、いつもの水干装束《すいかんしょうぞく》をまとった姿であった。

「伊月様、おはようございます」

「おはよう」

「あの、お寒くないのですか？」

「寒いが、もう少し動き回ったら、温まるだろう」

夫の分の半纏を作らなければならない、と思った瞬間であった。

今日も今日とて、畑の雑草取りから始まり、最後に野菜の収穫を行う。

「そろそろホウレンソウでも収穫しようか」

夫が指し示したのは、霜が降りて白くなっているホウレンソウである。

「今、栽培《さいばい》されている作物で、葉物はこれだけですね」

「ああ。この辺りは寒さが厳しいから、葉物の多くは霜でダメになってしまうからな」

夫が育てたホウレンソウは〝寒締め〟と言って、あえて寒さに晒《さら》しているのだとか。

「ホウレンソウを寒い中、置いておくことにより、葉に含まれる水分が凍りにくい糖分に変わって、うまみが高まるらしい」

「へえ、そうなのですね」

雪国の農業について書かれた本を参考に、栽培していたらしい。

「おひたしにしたら、おいしそうですね」

「ああ」

そろそろ食べ頃というので、農作業用のはさみで根元をパチパチ切って収穫していった。

あとはカブとニンジンを採って、この日の農作業は終了した。

井戸に手を洗いに行ったのだが、バケツを落としたらカーンと音が鳴る。

「これは、井戸水の表面が氷結しているようだな」

「ひっ！」

思わず悲鳴を上げてしまう。ここで生まれ育った夫にとっては慣れっこのようだが、帝都育ちの私は井戸が凍ったという経験はない。

夫は平然とした表情で、氷が混ざった水で手を洗っていた。

「伊月様、冷やっこくないのですが？」

私の問いかけに対し夫は「冷たい」と言葉を返していたが、表情からは冷たさなどいっさい感じない。

もしかしたらそこまで冷たくないのではないか。なんて思っていたが――。

「つ、冷たい!!」

夫が井戸水の氷を避けてくれたのに、それでも冷たかった。悲鳴をあげつつ、石鹸《せっけん》できれいに手を洗う。

手ぬぐいで拭いたあとの手は、真っ赤になっていた。

「瀬那、手を」

「はい？」

何も考えずに差し出したが、私の手を握った彼が想定外の行動に出る。

すっかり冷え切った私の手を摩《さす》り、温めてくれたのだ。その瞬間、ある記憶が甦《よみがえ》る。

それは私が幼少期の出来事で、酷く冷え込む日があった。

井戸端で洗濯物《せんたくもの》をしていた私の近くで、腹違いの妹である朝子《あさこ》が遊んでいたのだが、手が冷え切って痛い、と泣きだしたのだ。

それを目にした朝子の母が、彼女の手を摩ったり、ハーッと温かい息を吹きかけたりして、温めてくれたのだ。朝子に笑顔が戻り、母子は仲良く手を繋《つな》いで家に帰っていった。

その様子を見て、洗濯物をしていた私の手が、ヒリヒリ痛んでしまったのだ。

私にはあんなふうに手を温めてくれる人なんていない。そう思ったら、自分自身がとてつもなく惨《みじ》めに思えて、心までもズキズキ痛んだ。

それから数年経って今、私の傍には手を温めてくれる夫がいる。それがどれほど幸せなことか、身をもって痛感してしまった。

「伊月様、ありがとうございます。とても、温かくなりました」

声が震えるだけでなく、涙も眦《まなじり》に浮かんでいたらしい。

「泣くほど冷たかったのか？　明日からは、天狐《てんこ》に湯を用意させよう」

「いいえ、大丈夫です」

「瀬那を泣かせる井戸の水など、二度と使わせないから」

何やら誤解をされてしまったが、そういう日もあるだろう。

そんなことを思いつつ、夫と別れたのだった。

朝食は体が温まるものを作って、夫を仕事に送りだそう。そう思って献立《こんだて》を考える。

千切りにしたニンジンとカブの味噌汁に、すり下ろしたショウガを入れて仕上げた。

伊万里と那々に焼いてもらったブリと、だし巻き卵、ホウレンソウのおひたしに、お萩が炊《た》いてくれたご飯――季節のあったか御膳《ごぜん》の完成だ。

夫と共に朝食を堪能《たんのう》し、仕事へ送り出す。

「では、いってくる」

「はい、いってらっしゃいませ」

笑顔で送り出した瞬間、どこからともなく鈴の音が聞こえてくる。これは鬼門《きもん》が開いた音だ。

祁答院家が帝都の校外に屋敷を構える理由は、あやかしが出入りする鬼門の近くで監視するためである。

もしもあやかしが出てくるようなことがあれば、屋敷へ招いてもてなし、そのまま鬼門を通って帰ってもらうのである。

ちなみに鬼門が全開になるのは夜で、それまであやかしがやってくる心配はない。

「今日はあやかしがいらっしゃるみたいですね」

「そうみたいだな。なるべく早く帰って――」

夫がそう言いかけた瞬間、空から大量の金柑《きんかん》が振ってくる。

「きゃあ！」

「瀬那！」

次から次へと頭上に落ちてきたのだが、夫が私の肩を引き寄せ、軒下《のきした》に誘ってくれる。

「えーっと、これは天邪鬼《あまのじゃく》達、でしょうか？」

「こういう仕様もないことをするのは、奴らしか考えられない」

おもてなしはしなくてもいい。夫はそう言い捨て、出勤していった。

金柑は伊万里や那々と回収する。全部で百個以上あるだろうか。庭にあった金柑のほとんどを採って、頭上に向かって雨のように振らせてくれたようだ。庭師は手間が省《はぶ》けた、と喜んでいた。

大量の金柑を前に、どうしようか頭を抱えてしまう。

「ひとまずお酒に漬けて、それから甘露煮《かんろに》にして、あとは――ううん」

金柑を使った料理で、天邪鬼達をもてなそうか。だとしたら、帝都に買い物に行かなければならない。

「これから買い物に行くから、伊万里、準備してくれる？」

「わかりました」

那々はまだ化けが完璧《かんぺき》でない。人込みで狸の姿に戻ったら大変だ。だから今日もお留守番してもらうしかない。

しかしながら、那々はキラキラした瞳で私を見ていた。きっと、一緒に行こうと声がかかるのを待っているのかもしれない。

どうしようか……と考えていたところ、それはどうなんだ、という作戦が思い浮かんだ。那々を帝都に連れていくにはこれしかない、と思って提案してみる。

「あ、あのね、那々」

「何!?」

那々は背伸びをしながら私の言葉を聞こうとする。

気合いと共にぐっと握った手は狸の小さなもので、頭からは狸の丸い耳が生える。おまけに、ふわふわの尻尾《しっぽ》がゆらゆら左右に揺れていた。

「帝都は少し物騒なんだけれど、那々は番犬というか、なんというか、狸の姿で一緒に行かない？」

した。

「行く!!」

那々は嬉しそうに頷《うなず》いてくれた。別に、狸の姿で問題ないらしい。ホッと胸をなで下ろした。

ここで、伊万里があることを耳打ちする。

「あの、那々を犬として帝都に連れていく場合、首輪と紐が必要になりますが、いかがなさいますか？」

「そうだったわね」

帝都で狂犬病が流行《はや》って以来、犬を連れ歩くときは飼い主が制御できる状態でないといけない決まりができていたのだ。

那々に相談を持ちかけると、問題ないと頷いてくれる。

首輪はないので手巾を首回りに結んで、それに園芸用の縄で縛《しば》る、という状態に仕上げた。どこからどうみても犬の散歩だ。

私を守るために帝都に行く那々は、キリリとした表情でいる。なんだか頼もしかった。

私も外出用の着物に袷羽織《あわせばおり》を合わせ、虫明が用意してくれた馬車に乗りこむ。

玄関先まで八咫烏《やたがらす》がやってきて、翼を左右に振って見送ってくれた。

御者に合図を出すと、馬車が動き始める。いざ、出発！　となったわけだ。

祁答院家の敷地内にある木々が鬱蒼《うっそう》と生えた道を抜け、帝都の長屋が並ぶ通りを走っていく。

窓を覗《のぞ》き込むと、馬車の数が減っていることに気付いた。人々が乗り合わせて各地を移動する大型馬車も廃止されたようで、今は乗り合い自動車に変わっている。

がらりと変化を遂《と》げた交通事情を取り締まるために、帝都警察の邏卒《らそつ》は真っ赤な原動機付き自転車で巡回していた。

洋装で出歩く人々も増え、以前、朝子がしていたように短く髪を切って、ふくらはぎ辺りが露出している円筒衣服《スカート》を穿《は》き、踵《かかと》の高い靴《くつ》を履《は》いて堂々と歩いている。

どうやらああいう恰好《かっこう》が本格的に流行り始めたようだ。

まだまだ新しい文化は受け入れられない。

私には帝都での華やかな暮らしよりも、美しい夜空が見える祁答院家の暮らしが合っているのだろう。

向かった先は生鮮品を扱う市場だ。

「那々、市場は人が少し多いけれど、大丈夫かしら？」

「平気！　瀬那様は、那々が守るよ！」

なんて愛らしいことを言ってくれるのか。那々をぎゅっと抱きしめ、頭を撫《な》でてあげる。

伊万里とも目が合ってしまったので、同じように抱擁《ほうよう》とよしよしをしてあげた。

馬車や車が乗り降りできる円形地帯で降り、市場を目指す。

那々は堂々たる足取りで、帝都を闊歩《かっぽ》していた。

狸は傍からみたら犬に見えるようで、道行くご婦人から「あら、かわいらしいワンちゃんね」なんて褒《ほ》めてもらった。まさか狸を連れて歩いているなんて、夢にも思っていないのだろう。

那々は褒められたのが嬉しかったのか、「ありがとー！」なんて言葉を返していた。ヒヤッとしたものの、ご婦人は私の言葉だと勘違いしたようで、やわらかな微笑《ほほえ》みを浮かべて去っていった。

すかさず、伊万里が「那々、その姿では喋《しゃべ》ったらダメだよ」と注意する。那々は素直に「はーい」と返事をしていた。さすが、教育係である。頼りになる存在だった。

市場は思っていた以上の賑《にぎ》わいであった。那々がもみくちゃにされては困るので、胸に抱いておく。

「瀬那様、わたし、重たくない？」

「大丈夫よ。ちょっとだけ、我慢してね」

「わかった！」

まずは青果売り場から眺めていく。ここでも、金柑の販売が始まっていた。出始めだからか、少しだけ高い。

あの大量の金柑をどう調理しようか。

金柑を見ていたら、店主のおじさんが声をかけてくる。

「いらっしゃい！　今年の金柑は甘いよ」

「あ――いえ、私の家にも金柑がたくさんありまして、どうやって調理すればいいのか悩んでいたんです」

「ああ、なるほど。うちはかみさんの実家が金柑農家なんだが、白和《しらあ》えに入ってたり、モツ煮に入ってたり、鍋《なべ》や煮物に入っていたり、まあ、いろいろだな」

「酢橘《すだち》や柚子《ゆず》みたいに、香味料として使うわけですね。勉強になります」

ずっと甘露煮以外の甘味を作って何か作れないのか、と考えていたのだが、しょっぱいおかずに入れることなんて考えもしなかった。

「ありがとうございます。頑張って消費してみます」

感謝の印として、おじさんのお店で野菜をいくつか購入した。脳内で献立を考えつつ、追加の食材も買っていく。

「――と、こんなものかしら？」

市場での用事は済んだ。一度、荷物は馬車に載せ、もう一度、街へ繰り出す。

目的は夫の半纏《はんてん》作りの材料だ。

裁縫《さいほう》店で真綿や糸などを購入し、呉服店で反物《たんもの》を物色する。

半纏用なのでそこまでお洒落《しやれ》な柄《がら》でなくていいと思うのだが、せっかく贈るので、似合う物を選びたい。

最終的に〝立涌文《たてわくもん》〟と呼ばれる、水蒸気がゆらゆら漂う様子を表した模様にした。この柄は上昇の意味があり、大変縁起《えんぎ》がいいらしい。

よい買い物ができた。あとは帰るだけだ、とほくほく気分で歩いていたら、背後から声をかけられる。

「あら、瀬那じゃない。奇遇ね」

顔を見て確認しなくてもわかる。声の主は腹違いの妹である朝子だろう。

逃げたい気持ちを押し殺し、油切れのブリキ人形のようなぎこちない動きで振り返った。

短かった髪は少し長くなり、美容院で髪の毛を整えたのか、癖毛《くせげ》はまっすぐ伸びていた。化粧《けしよう》が濃いからか、私よりも年上に見える。

透《レ》かし模《ー》様《ス》がたっぷりあしらわれた洋服《ワンピース》をまとい、手には小さな手提げ鞄《かばん》を持っていた。

朝子は私と目が合うなり、いい玩具《おもちゃ》を発見したかのような無邪気な微笑みを浮かべる。

「祁答院家の奥方ともあろう女性《ひと》が、直々に帝都にやってきて買い物して回るなんて、まるで使用人のようね」

朝子は祁答院家に嫁《とつ》いだ私を、召し使いのような暮らしをしていると決めつけてくれるのだ。そんなわけがないと否定しても、いっこうに止めない。

「朝子、商人を家に呼ぶなんて、時代遅れよ。今は選びきれない品物の中から、とっておきを買う審美眼が問われるんだから」

「やだ、瀬那のくせに、私に言い返すなんて。まあ、どうでもいいんだけれど」

どうでもいい話題を突きつけてきたのは朝子だ。なんて言ったらさらに絡まれるので、口を閉ざす。

「それにしても、まだ野暮《やぼ》ったい着物なんか着ているのね。瀬那、そのうち着物は廃《すた》れるのよ。あなたも早く、洋服を買いなさいな」

着物が廃れる未来など想像できないが、たしかに着物をまとう人達はだんだん少なくなっていっている。

だからといって、着物を手放すつもりは今のところ考えていない。

「朝子、ごめんなさい。今日はお客様がいらっしゃるの。あなたとお喋りしている時間はないのよ」

この場から去ろうとしたら、朝子が私の腕をぎゅっと掴《つか》む。

「瀬那、お待ちなさい。あなたに教えたい情報があって、手紙を送ろうと思っていたの。面倒だったから、会えて嬉しいわ」

どうせろくでもないことだろう。断ろうとしたものの、瀬那は私の腕を強く引いて、近くの喫茶店《カフェー》に誘う。

「ちょっと、朝子！　さっきも言ったけれど、私は忙しいの！」

「少しくらいいいじゃない」

この様子だと、いくら言っても聞き入れないだろう。抵抗するだけ無駄なようだ。

仕方がない。伊万里と那々は外で待ってもらう。

寒かったら祁答院家の馬車に戻っておくように伝えた。

そこは新しく開店した喫茶店のようで、看板には〝いろは〟という店名が書かれていた。

女給《ウェイトレス》は今流行の足が露出した円筒衣服《スカート》でない。着物に割烹着《かっぽうぎ》のような白衣を着込み、ひだ《フリル》が付いた下半身だけを覆《おお》う洋風前掛け《エプロン》を合わせた恰好をしていた。

流行りを取り入れつつも、これまでの文化も大切にするような服装に好感を抱く。

店内には女給の求人が貼られていた。月給二十円とある。週に二、三回の勤務と書かれてあるので、こんなものだろう。

女給が注文を取りに来たのだが、朝子が勝手に紅茶をふたつ頼んでいた。

「それで朝子、教えたいことってなんなの？」

「ふふ、知りたい？」

別にどうでもいい。朝子がここまで連れてきたので、聞くしかない状況である。

頷《うなず》くと、朝子は満面の笑みを浮かべ、話し始めた。

「昨晩、あなたの母親を見かけたの」

「お母さん、を？」

「ええ。あなたと顔立ちは違うんだけれど、後ろ姿が似ていたの。私、あなたと思って〝瀬那〟って声をかけたのよ。そしたら私を見るなりギョッとしただけじゃなく、顔を真っ青にさせて、〝瀬那ではありません！〟って否定してから逃げていったわ」

「なっ……！」

さらに声も私とそっくりだったので、朝子はすぐに行方《ゆくえ》不明になった私の母親だと気付いたのだとか。

「ところで、あなたの母親をどこかで見かけたら、知りたい？」

「ええ、教えて」

そう言葉を返すと、朝子は私に向かって手を差し伸べてくる。

「朝子、その手は何？」

「情報料よ。まさか、無償で聞けると思っていたの？」

強制的に連れてきておいて、金銭を要求するなんて。呆《あき》れたの一言である。

「ひとまず、さっきの情報料は五十円ほどいただこうかしら？」

「な、なんですって!?」

五十円というのは、公務員の月給と同じくらいの金額だ。先ほどまで、一銭でも安くておいしい食材を探してきた私からしたら、かなりの大金である。

「五十円なんて、持ち歩いているわけないでしょう！」

「あら、そうなの？　祁答院家に嫁《とつ》いだのだから、たんまりお小遣いをいただいていると思ったんだけれど」

「言っておくけれど、祁答院家のお金なんて、私の判断で自由にできないのよ」

そんな言葉を返すと、朝子は勝ち誇ったように指摘してきた。

「やっぱりあなた、使用人として祁答院家にいるだけじゃない」

「違うわ」

埒《らち》が明かない。盛大なため息をひとつ零《こぼ》しつつ、帯に差し込んでいた手作りのお守りを出す。中に入れていたのは、もしも何かあったときのために、と持ち歩いていたへそくり金である。もちろん〝花むしろ〟で稼いだお金だ。

丁寧《ていねい》に折りたたんでいたのは、二十円券である。

「今日はこれだけしか持ってない――」

言い終える前に、朝子は花札《はなふだ》を取るように二十円券を私から素早く奪い取った。

「これしかないのならば、仕方がないわね」

「あの、朝子。あなた、どうしてお金を欲しているの？」

朝子は歌舞伎《かぶき》役者である寅之介《とらのすけ》と結婚した。裕福な暮らしをしているはずなのに、金の無心をするなんてありえないだろう。

「今、あの人と別居しているの」

「ケンカしたの？」

「まあ、そんな感じかしら。三行半《みくだりはん》を突きつけてきたから、家出してやったわ」

ついに、離縁状を出されてしまったか。

以前、寅之介に会ったときから、そうなるのじゃないか、と考えていたのだ。

「今、どこに住んでいるの？」

「知り合いの家を転々としているわ。そうだ！　瀬那、あなたの家で居候《いそうろう》してあげましようか？」

どうしてそういう思考になるのか。理解が追いつかない。

「朝子、私の夫が陰陽師《おんみょうじ》だというのを忘れたの？」

「瀬那ごときが上手《うま》くやれているんだから、私だって簡単にできるはずよ」

朝子の言葉に、は——と盛大なため息を返す。

ちなみに彼女へは、夫に正体がバレたことは伝えていない。父にのみ、話しているのだ。

さらに、祁答院家の当主が九尾《きゅうび》の狐というのは、父すらも知らない情報である。

ふたりが夫の真なる姿を目にしたら、腰を抜かしてしまうだろう。

「もしも寅之介と離縁したら、伊月様の後妻にしてもらおうかしら？」

「私はまだ、離縁していないから」

「あら、そうだったのね。でも今の私ならば、伊月様もきっとお気に召してくれるはずよ」

朝子の自信はいったいどこから湧き出てくるのか。ある意味、羨《うらや》ましく思ってしまう。

「話が逸《そ》れたわね。追加の情報料だけれど、お金は使えないって話だから、祁答院家に連れていってくれたら教えてあげる」

「悪いけれど、お断りするわ」

運ばれてきた紅茶を一口いただいてから、十銭紙幣《しへい》を机の上に置いておく。

「母についての情報はけっこうよ。朝子、ごきげんよう」

そんな言葉を残して喫茶店を出る。私の頑《かたく》なな態度を見ていたからか、朝子は私を追いかけてこなかった。

「伊万里、那々、お待たせ」

外は寒かったようで、伊万里の頰《ほお》は赤くなっていた。手のひらで頰を包むようにして温めてあげると、伊万里は心地よさそうに瞳を細める。

「ごめんなさいね」

「いいえ、那々を抱いていたので、そこまで寒くありませんでした」

近くで石焼き芋《いも》が売っていたので、伊万里と那々へのご褒美《ほうび》に、そして八咫烏《やたがらす》へのお土産《みやげ》として購入した。

帰りの馬車に揺られる中、ふと物思いに耽《ふけ》る。

朝子は母を見かけた、と話していた。後ろ姿や声が似ていたと言う。さらに、瀬那と聞いて動揺《どうよう》していたらしい。これだけの証拠があれば、母で間違いないのだろう。

私が生まれてさほど経たずに、母は若い男性と共に蓮見家から逃げるように姿を消した。遠くの土地へ行き着き、幸せに暮らしているものだと思っていた。

けれども朝子は、帝都の夜に母らしき女性を見かけたと言う。

夜遊びしている朝子のことだから、おそらく目撃したのは遊楽街のほうだろう。

夜、女性が遊楽街を出歩かなければならない理由については、あまり考えたくなかった。

ついつい考え込んでいたら、那々が肉球をぺたん、と私の手に重ねて話しかけてくる。

「瀬那様、眉間《みけん》に皺《しわ》、寄ってるけど、大丈夫？」

「ええ」

那々を胸に抱き、もふもふの毛並みに顔を埋める。

悩みが少し軽くなったような気がした。


帰宅すると、八咫烏が寂しかったとばかりに、「カアカア」と鳴きながら飛んできた。

胸に飛び込んできたので、そっと抱きしめる。頭を撫《な》でてあげると、甘えるような鳴き声をあげていた。お土産として石焼き芋を買ってきたと報告すると、空高く旋回し喜んでくれる。

お萩もやってきて、先ほど届いたという手紙を差し出す。

宛名《あてな》を見ると、父からだった。

「お父様から？　なんだか久しぶりね」

またよからぬことでも書いて送ってきたのだろうか。嫌な予感しかしないので、この場で開けずに帯にしまい込んだ。

今日は天邪鬼《あまのじやく》達がやってくるので、おもてなし料理を準備しなければならない。お萩にも協力してもらおうと思い、声をかけたのだった。

「よし、と。始めましょうか！」

私の声かけに、皆、頷いてくれた。

まず、金柑《きんかん》のへたを取ってきれいに洗う。それから煮こぼしを行って苦みを取り除いた。

金柑を使ったおかずはふた品作る予定である。

ひと品目は金柑と冬野菜の煮物。ふた品目は金柑のモツ煮込み。

どんどん調理を進めていく。

他にもカブのそぼろあんかけや、旬《しゅん》の寒ブリを煮込んだ粕汁《かすじる》、ホウレンソウの白和《しらあ》えに金柑の果汁を搾《しぼ》ったものなど、さまざまな料理を仕上げていった。

あっという間に夕方となり、夫が帰宅してくる。

「伊月様、おかえりなさいませ」

「ただいま」

夫は私をひと目見るなり、どうかしたのかと質問してきた。

「私、何かおかしいですか?」

「声に少し張りがない。もしや街に出かけ、性格の悪い妹と会ってしまい、悪口でも言われたか?」

ズバリと見抜いたので、思わず笑ってしまう。

なんでも朝子の思念のようなものが、私の体にまとわりついていたらしい。

「実はそうなんです。お買い物に行ったら、偶然朝子に出会ってしまいまして」

「何を言われたのだ?」

「いえ、朝子に何を言われても平気なのですが……彼女が母を見かけたと話していたので、少し動揺してしまいまして」

「瀬那の母というのは、生まれてすぐに失踪《しっそう》したという?」

「はい」

夫は私を優しく抱きしめ、ポンポンと背中を叩いてくれる。

耳元で「邪気祓《じゃきばら》いだ」と囁《ささや》いてきたので、噴き出してしまう。

「元気づけてくれるのだと思っていたら、邪気祓いだったなんて」

「当たり前だ。生まれたばかりの瀬那を置き去りにする母など、疫病神《やくびょうがみ》みたいなものだろうが」

夫が母の存在についてスッパリ両断してくれたおかげで、もやもやした気持ちが薄くなっていく。

「どうした?」

「その……なんて言いますか、母親という存在は何があっても、絶対に敬《うやま》わなければならない、って考えていたものですから」

「育ててもらっていない女性を、母親と認識する必要なんてない。ただの赤の他人だろう」

「そう、思っていいのですよね?」

「ああ」

これまで、心のどこかで母について酷《ひど》いとか、愛情がないとか、考えてはいけないと自分自身に言い聞かせていた。

けれども夫は、そういう感情を抱いてしまうのも無理はないと言う。

「伊月様、ありがとうございます。気持ちが楽になりました」

そんな言葉を返すと、夫は目を細め、淡く微笑《ほほえ》んでくれたのだった。

と、夫と共にほっこりとした時間を過ごしている場合ではない。

ついに、鬼門《きもん》が完全に開く。外から賑《にぎ》やかな声が聞こえてきた。

『遊びにきてやったぞ、うきうき！』

『寒くなっているじゃないか、こんちくちょー！』

『体が冷え切ってしまった、しくしく！』

『家の中あったかいかな、わくわく！』

天邪鬼達を出迎えるため、玄関を開けて待つ。

鞠《まり》のような丸い球体に円《つぶ》らな目と口、角《つの》が生えた天邪鬼達は、私を発見するなり一目散に駆け寄ってくる。

瀬那、瀬那と私の名を呼び、周囲をぽんぽん跳ね回っていた。

「寒いから、早く中に入って」

『邪魔するぞ、うきうき！』

『〝けどーいん〟がいるじゃないか、こんちくちょー！』

『体が温まり過ぎて、逆に痛い、しくしく！』

『家の中、あったかいな、わくわく！』

やってくるなり、天邪鬼達は夫に出禁を言い渡す。

「お前達は……!!」

夫が怒りの形相《ぎょうそう》を浮かべると、鬼だ！　と言って逃げていった。

きちんと座敷へ向かっているようなので、追いかけなくても大丈夫だろう。

勝手知ったる他人の家、というわけだった。

「えーっと、伊月様、天邪鬼達は私にお任せください」

「いいのか？」

「ええ」

彼らが帰るまで、夫にはゆっくり休んでもらおう。虫明に夫の夕食を用意するよう、頼んでおいた。

座敷ではすでに御膳《ごぜん》が並んでいる。天邪鬼達は瞳をキラキラ輝かせながら、夕食を眺めていた。

全員揃ったので、料理を勧める。

「どうぞ、召し上がれ」

天邪鬼達は元気よく『いただきます!!』と叫んでから、料理を食べ始めた。

『むむ、このモツ煮込みはサッパリしているぞ、うきうき！』

『金柑が入っているじゃないか、初めてだな、こんちくちょー！』

『煮物にも、金柑がある、しくしく！』

『酸味が不思議と煮物と合う、わくわく！』

金柑を使ったおかずなんて、初めは本当においしいのか、と不安を抱えていた。けれども味見をしてみたらどのおかずとの相性とも抜群《ばつぐん》で、新しい発見だったのだ。

最後に、那々が食後の甘味を運んできた。

相変わらず化けは完璧《かんぺき》ではなく、尻尾《しっぽ》をふわふわ揺らしながらやってくる。

「あの、これは、金柑の蜜煮、です」

たどたどしいながらも、那々は勉強中の敬語を使ってみせた。

大丈夫か心配になったのか、涙目で私のほうを見る。問題ないと頷《うなず》くと、ホッとしたような表情を浮かべていた。

『おい、〝せな〟！　蜜煮って、なんだ？　うきうき！』

『どういうのか、教えろ、こんちくちょー！』

『初めて聞く、しくしく！』

『いい匂《にお》いがするなー、わくわく』

甘露煮《かんろに》は砂糖を使って作るのだが、蜜煮はザラメや酒を煮込んで作る。

ザラメを入れる上品な味わいに仕上がるので、〝花むしろ〟で金柑をお客さんに出すときは蜜煮にしていた。

天邪鬼達は金柑の蜜煮の甘い匂いに誘《いざな》われ、那々のもとへとわらわらと集まってくる。

「う、うわっ、ちょっ、待ってえ」
金柑の蜜煮を載せたお盆を落としそうになったので、那々の手から取り上げる。
それと同時に、那々は狸の姿に戻ってしまった。
金柑の蜜煮はお萩に託し、涙目の那々を抱きしめてあげる。
「那々、大丈夫よ。天邪鬼達は怖くないから」
「ううう！」
天邪鬼達に囲まれて恐怖を覚えたのか、那々は涙をポロポロ零《こぼ》している。
彼女の年頃は伊万里と同じくらいか、と考えていたが、もっと幼いような気がした。
私を信用しきって、身を寄せる様子はなんとも愛らしい。
この先も私が絶対に守ってあげなければ、と庇護《ひご》欲《よく》が刺激された。
私達の様子を見ていた天邪鬼達が、ある指摘をする。
『お前達、親子のようだな、うきうき！』
『まるで母と子じゃないか、こんちくちょー！』
『あやかしなのに、実の子みたいに大切にされるなんて、しくしく！』
『羨《うらや》ましいなー、わくわく！』
傍《はた》から見たら、私達は親子に見えたらしい。そんなつもりはまったくなかったのだが。

「あの、私、お母さんみたいなの？」

問いかけると、天邪鬼達はこくりと頷いた。

胸に熱い気持ちがこみあげてくる。母親を知らない私が、那々といる様子が親子のようだと言われるなんて。

『これでいつ子どもがやってきても、母になれるな、うきうき！』

『すでに立派な母だな、こんちくちょー！』

『みんな〝せな〟の子に、なりたいのに、しくしく』

『幸せな狸だな、わくわく！』

天邪鬼達の言葉が、胸に沁《し》み入る。

天邪鬼達の目には私が那々の母のように見えると言う。母親を知らないからといって、私自身が母になれないわけではないのだ。

母に対する複雑な想いは、きれいさっぱりなくなった。

天邪鬼達を送り届けたあと、夫と話をする。

「というわけで、天邪鬼達には私が那々の母親のようだったらしく」

「たしかに、瀬那が那々や伊万里に接するときの様子は、本当の母のように見える瞬間があった」

「伊月様もそのように思われていたのですね」

妖狐《ようこ》達に育てられた私は、母になる資格なんてないのではないか。なんて悩みを誰にも話さず、何年もひとりで抱え込んでいた。

けれどもそれは私の間違った思い込みで、相手が実の子どもでなくても、誰だって母親になれるのだ。

「伊月様、私、ふっきれました」

「それはよかった」

穏やかな表情で私の話を聞いてくれる夫の手を、ぎゅっと握る。

「それで、お願いがあるのですが」

「なんだ？」

恥ずかしいので、夫にぐっと身を寄せて囁《ささや》く。

私の願いを耳にした夫は、ハッと驚いたような表情を浮かべた。

「いいのか？」

夫の言葉に、こくりと頷く。

もう、母親になることに恐れなんてない。

子どもは天から降りたつもので、生まれてくるかどうかはわからない。

けれども私達夫婦のもとへ授けてくれるのであれば、きちんと育てて幸せにしたい。

そういう想いが、私の中に目覚めていたのだ。

「瀬那、辛《つら》かったら言ってくれ」

「はい」

こうして私達は、結婚して八ヶ月目に初夜を執《と》り行ったのだった。


太陽の光が窓から差し込み、眩《まぶ》しくて目を覚ます。

いつもならば日の出前には起きているのに、今日は朝までぐっすり眠ってしまった。

寝坊してしまったのは私だけでなく、夫もだった。

夫はスースーと静かな寝息を立てつつ、美しい寝顔を見せている。

なぜ、このようにきれいな顔で眠れるのか。不思議でならなかった。

少し身じろいだだけで、夫は目覚めてしまった。

「瀬那……」

そう口にするや否《いな》や、私の体を抱き寄せ、再び目を閉じる。

「あの、伊月様、お仕事はよろしいのですか？」

「今日は休みだ。御上に天邪鬼がやってくると言ったら、疲れるだろうからと、休日にしてくれた」

「そうだったのですね」

もうしばらく眠るように。そう耳元で囁き、そのまま動かなくなってしまった。

たまにはこういう朝もいいか、と私も二度目の眠りに就《つ》いた。

これまでになくのんびりしていて、心が満たされる朝を過ごしたのだった。

第二章　妖狐夫人は実家の問題に巻き込まれる

何かを忘れているような気がする――。ここ三日ほど、何かが引っかかっていた。

たぶん、どうでもいいことなのだろう。けれども思い出せないのは少々気持ちが悪い。

いったい何だったのか、と考え込んでいるところに、伊万里《いまり》が手紙を持ってきた。

「あの、奥様宛《あて》に速達が届きました」

「あら、珍しいわね。誰かしら？」

伊万里から手紙を受け取り、宛名を見ると、「あ!!」と叫んでしまった。

部屋に戻って化粧台《けしょうだい》の引き出しを開くと、未開封の父の手紙が入っていた。

ここ三日ほど、忘れていたさほど重要ではない何かというのは、父からの手紙だったのだ。返事がないので、しびれを切らして速達で手紙を送ってきたに違いない。

「お父様ったら、いったいなんの用事だったのかしら？」

手紙を開封すると、そこには驚くべき情報が書かれていた。

なんと父に、とある事件の容疑が浮上し、帝都警察の家宅捜索が行われたようだ。

ここ最近、帝都に呪いを振りまく妖狐《ようこ》が出現しているらしい。たくさんの人が次々倒れ、亡くなっているという。

父が経営している料亭〝花《はな》むしろ〟で問題の妖狐を匿《かくま》っているのではないか、と疑われてしまったらしい。

大勢の邏卒《らそつ》が押し寄せ、調査したようだが、妖狐は発見されなかった。

ただ、火のない所に煙は立たぬ、という言葉もあるように、容疑が完全に晴れたわけではない。さらに最悪なことに、〝花むしろ〟は妖狐の事件が解決するまで、営業停止命令が言い渡されたようだ。

通常、このようなあやかしが絡んだ事件は夫に一任される。けれども今回に限り、邏卒の被害者が多いため、事件は帝都警察が解決すると乗り出しているようだ。

父の手紙には「夫になんとか言って、営業停止命令だけでも取り下げるように頼んでくれ！」という必死な懇願《こんがん》が書き綴《つづ》られていた。

二通目の手紙は、「無視するな！　〝花むしろ〟の従業員が困っているんだぞ！」、と私の情に訴えるような内容であった。

妖狐が関係した事件なので、父は気が気でないのだろう。

ひとまず、私ひとりの判断ではどうにもならない。夫の帰りを待つばかりだった。

夕刻、夫が戻ってきてすぐに、父と料亭〝花むしろ〟が巻き込まれた事件について話す。なんと、御上《おかみ》のもとには報告されていない事件だったらしい。夫は眉間《みけん》に深い皺《しわ》を刻みつつ、ため息をつく。

「ここ最近、連続で起きている不審死事件は、妖狐の騒動を隠蔽《いんぺい》するためのものだったのか……」

「そのようです」

邏卒の被害者が多いとあったので、帝都警察の自尊心を傷付けるような事件だったに違いない。

御上に事件の詳細を隠してまでも、自分達で解決したいのだろう。

夫は筆と紙を手に取り、さらさらと手紙を書いていく。御上へ事件の報告をするようだ。

それをくるくる丸め、紐で縛《しば》り、懐《ふところ》から竹筒《たけづつ》を取り出す。中からにゅっと顔を覗《のぞ》かせたのは、夫の式神《しきがみ》である管狐《くだぎつね》だ。

「これを御上の側近へ持っていってくれ」

管狐は「キュ！」とかわいらしく鳴くと、筒状の手紙を摘《つ》まんで飛び立っていった。

「伊月《いつき》様、申し訳ありません。父からの手紙は三日前に届いていたようなのですが、いろいろあって失念しておりまして」

「気にしなくていい」

ひとまず、〝花むしろ〟の営業停止命令だけは早急に解除してもらうよう、御上にお願いしてくれたようだ。

一応、帝都での商売は、帝都警察の許可のもとで行われている。けれども、御上のご威光には勝てないだろう。

「瀬那《せな》、ひとつ思ったのだが」

「なんでしょう？」

「人々を呪い、死へ誘《いざな》う妖狐というのは、蓮見《はすみ》家の者ではないだろう」

それに関しては、私も完全に同意である。

父は悪辣《あくらつ》な男だが、犯罪に手を染めるわけがない。それ以外の妖狐達も、帝都で目立つような行動をするとは思えなかった。

「蓮見家に恨みを持つ者の犯行ではないのか？」

「私も、そうではないか、と思っております」

人を見下し、勝ち誇るような性格の悪い父は確実に、他人の恨みを買っている。

腹いせに、容疑をかけられるような事態に追い込まれていても、まったく不思議ではなかった。

「父はいったい、誰に恨まれているのか」

「私の個人的な意見だが、瀬那の母親ではないか、と思って」

「なっ!?」

たしかに言われてみれば、蓮見家に恨みを持つ妖狐という条件があれば、母しか当てはまらないような気がする。

どうして男と駆け落ちしたのか詳しい事情はわからなかったが、愛人である立場に満足していたら、父のもとから逃げ出さなかっただろう。

「父が過去にしてしまった母への悪行が、自分に跳ね返ってきた、というわけですね」

「まだ可能性の話ではあるが」

母が犯人だとしたら、なぜ、帝都でこのような事件を起こしているのか。

まったく理解できない。

「瀬那、すまない。勝手な憶測をしてしまった」

「いえ、事件について、少し腑《ふ》に落ちました」

ひとまず父には、夫に話をしておいた。〝花むしろ〟については、どうにかしてもらうよう、頼んでいる――と書いた手紙を送った。

◇◇◇

それから数日経った。父から手紙が届き、〝花むしろ〟の営業再開が決まった、という喜びの声が書かれていた。

ただ、店には警備の邏卒が数十名送り込まれ、物々しい雰囲気《ふんいき》になっているようだ。

その点もどうにかしてくれ、と訴えてきたが、それは事件が解決するまで撤退《てったい》しないだろう。

父には邏卒と仲良くするよう、手紙を送っておいた。

夫は御上から妖狐の事件について、帝都警察にバレないよう、秘密裏《ひみつり》に調査することになったらしい。

任務の詳細は驚くべきものだった。

帝都警察は重大な情報を内部で隠しているのではないか、と御上は疑っているようだ。

そこで、御上は夫に帝都警察に潜入するよう命じた。

そんなわけで、夫は邏卒の制服を持って帰宅する。なんでも邏卒に変装し、内部から情報を引き出そう、という作戦なのだとか。

身分証や経歴なども偽装するという、徹底ぶりだった。

潜入が露見すれば、夫も無事ではいられない。

心配でしかなかったが、夫は平然としている。

「本当に、大丈夫なのでしょうか？」

「心配ない。もしも捕まって、拘束《こうそく》されたとしても、脱出する方法はいくらだってある」

その言葉を聞いて確かに、と思ってしまった。

「まあ、邏卒は陰陽師《おんみょうじ》のように呪いをかけてくるわけではないし、なんとかなろう。さすがの私も、呪いに対しては打つ手がないが」

呪い――それは相手に災《わざわ》いが降りかかるよう、霊力を借りて行う呪詛《じゅそ》。

問題の妖狐は、呪いで人々の命を奪った、という噂《うわさ》が囁《ささや》かれていた。

「伊月様、相手の妖狐は呪いを使うと言われております。どうかお気を付けくださいませ」

「ああ、そうだな。いつでも呪い返しができるよう、用心しておこう」

まんまるとした月を見上げながら、夫と私は静かな夜を過ごしたのだった。

翌日、夫は邏卒の制服に袖《そで》を通し、出勤する。

詰《つ》め襟《えり》に金のボタンが輝き、飾緒《しょくしょ》が垂れる制服を、夫は美しく着こなしていた。

腰には西洋の剣を佩剣《はいけん》し、帽子は脇に抱えている。

「瀬那、おかしなところはないだろうか？」

「完璧《かんぺき》です！」

しかしながら、一点だけ気になる部分があった。

「その、伊月様のようなお美しい邏卒はいないと思われますので、帽子で顔が見えないようにしたほうがよろしいかと」

夫は首を傾《かし》げよく理解できない、という様子でいたが、帽子を深々と被《かぶ》ってくれた。

「では、いってくる」

「はい、いってらっしゃいませ」

夫を見送ると、は――――と盛大なため息が零《こぼ》れた。

私も、私にできることをしなければならないだろう。

◇◇◇

母の行方《ゆくえ》を捜すために、伊万里を連れて帝都に繰り出した。

ひとまず、朝子《あさこ》に会って母についての情報を買いたい。そう考えていたのに、どこを探しても朝子の姿を見つけられなかった。

朝子の知り合いの家を訪ねるも、結婚してからは一度も訪問していない、と言われてしまう。

寅之介《とらのすけ》のもとから家出し、友達の家を転々としていると聞いていたのだが。

朝子の友達のひとりが、男のもとにいるのではないか、と教えてくれた。なんでも、独身時代から、朝子は大勢の男友達がいたらしい。

それを、友達に自慢して回っていたようだ。

異性の友人が多いところが、なぜ自慢になると思ったのか。理解に苦しむ。

ひとまず、数名の男友達のもとを訪ねた。

朝子が数日前まで滞在していた――なんて話を次々聞く。けれども本人はいなかった。

なんでも朝子は行く先々で男友達に借金をしていたらしく、請求しても返してくれないらしい。

代わりに払ってくれないか、と言われたが、丁重にお断りする。

父ならばどうにかしてくれるだろう。そう思って、実家を訪ねるようにお願いしておいた。

朝子は会いたくないときには姿を現すのに、会いたいときには見つからない。

は――――、と盛大なため息が零れた。

一日中調査して、伊万里も疲れただろう。

ちょうど、先日朝子に引きずられるように入店した喫茶店《カフェー》〝いろは〟の前に来ていた。

ここで少しだけ休憩しよう。

伊万里は水でいいと言ったが、せっかく喫茶店にいるのだ。

〝くりいむソウダ水〟と温かい紅茶を注文した。

「こ、これはなんでしょうか？」

「〝くりいむソウダ水〟よ。今、帝都で流行《はや》っているみたいなの。前に飲んだとき、とってもおいしかったから、伊万里にも味わってほしくって」

伊万里は初めて目にする〝くりいむソウダ水〟を前に、戸惑いの表情を浮かべている。

「こ、これ、本当に私がいただいてもいいのですか？」

「ええ、どうぞ」

薪《まき》暖房で暖まった場所でいただく〝くりいむソウダ水〟というのも、格別だろう。

伊万里が食べる様子を、じっと見つめる。

あいすくりいむを一口、ソウダ水をごくんと飲んだ瞬間、伊万里の瞳の中に星が生まれ、キラキラと輝いた。

「奥様、こちらの〝くりいむソウダ水〟、とってもとってもおいしいです！」

「そう、よかった」

喜んでもらえたようで、何よりである。作り方がわかったら、家でも作れるのだが。

さすがに、料亭〝花むしろ〟では〝くりいむソウダ水〟は提供していなかった。

上に載ったあいすくりいむは作れるものの、ソウダ水は無理だ。どこで売っているのかもわからない。

ここで働いたら、作り方を教えてくれるだろうか――なんて考えていたら、背後の客の会話が聞こえた。

「それにしても、死んでいたなんて、物騒だな」

「しっ！　あんまり大きな声で言うな。お前も妖狐《ようこ》に呪われるぞ」

それからヒソヒソ話を始めたようだが、私は人ではなく妖狐だ。人間が潜めた声など、聞くことなどたやすい。

「結婚を控えて浮かれている様子だったのに、入水《じゅすい》自殺したんだ。妖狐が呪って、死ぬように仕向けたに違いない」

「おお、悪寒《おかん》がする！」

そこで、ふたり組の客はいなくなる。次に入ってきた客も、噂話をしていた。

新聞記者のようだな、と思っていたら、そのとおりだった。

今度は邏卒《らそつ》が次々と行方不明になっている、という話をしていた。

話題の中に妖狐は出てこないものの、行方不明になった挙げ句、制服や骨のみ発見されるというおぞましい事件が起こっているようだ。

帝都警察の内部で、いったい何が起きているというのか。

一時間、喫茶店〝いろは〟にいてわかったのは、ここには多くの人々が出入りし、噂話をしていくということ。

ここにいたら、もしかしたら妖狐の事件について何か証拠が摑《つか》めるかもしれない。

ちょうど求人をしているので、都合もいいだろう。

ひとまず、ここに潜入して情報収集するかどうかは、夫に相談してからだ。

伊万里と共に帰宅する。

夕方――邏卒の制服姿で帰ってきた夫は、酷《ひど》くくたびれた様子を見せていた。

「伊月様、おかえりなさいませ」

「ただいま」

「その、お疲れのようですね」

「ああ。慣れない環境で働いていたからだろう」

夫は地方から赴任《ふにん》してきた邏卒、という設定で潜入したらしい。

「御上が用意していた経歴がとてつもなく華やかなものだったらしく、上官に目を付けられてしまった」

訓練のさい、余計に走るように言われたり、罵声《ばせい》を浴びたり、無視されたり、と散々な目にあったらしい。

「とても大変だったのですね」

「ああ。しかしながら、周囲の者達の同情を買ったようで、親身に接してもらえた。その結果、帝都警察の内部情報についていろいろと得ることに成功したがな」

夫に話しかけてきた邏卒の多くは、上に立つ者に不満を覚えているらしい。

皆、ずいぶんと不満が溜まっているらしく、喋《しゃべ》り始めたら止まらなかったようだ。

「出世しそうな者がいると、陰湿ないじめを繰り返すらしい。中には思い悩むあまり、失《しっ》踪《そう》する者もいるようだ」

「伊月様、そちらのお話、私も喫茶店で耳にしました！」

今日、客が話していた内容を夫に報告すると、だんだんと表情が険しくなる。

「なるほど。帝都警察の内部で〝何か〟が起きている、というわけか」

「ええ、おそらく、ですが」

ここだ！ と頃合いを見計らい、喫茶店〝いろは〟への潜入について提案してみた。

「それでその、事件についての情報が集められると思いまして、〝いろは〟で働きたいのですが、よろしいでしょうか」

「わかった」

あっさり頷《うなず》いたので、拍子抜けしてしまう。

「どうした？」

「あの、いえ、反対されるかも、と思っておりましたので」

「瀬那がしたいと思ったことを、私が反対する権利などない。まあ、離縁や家出などは阻止したいが」

離縁や家出を阻止したい、というのも意外である。何がなんでも阻止されるものだと思っていたのだが。

「瀬那の人生は瀬那のものだ。やりたいと思うことは、挑戦してほしい。ただ、今日みたいに、相談してくれると嬉しい」

「伊月様……ありがとうございます」

夫の私に対する考えを聞いて、胸がいっぱいになる。

「その、お店の営業の邪魔にならないよう、しっかり働きながらも、情報収集に努めたいと思います」

「無理はするなよ」

「はい」

私が家を空《あ》けている間に、鬼門《きもん》が開いたらどうすればいいのか。

夫に打ち明けると、思いがけない対策を提案してきた。

「姉上を呼ぶのはどうだろうか？」

夫の姉、祁答院《けどういん》皐月《さつき》は現在、皇女に仕える女官として働いている。

たまに祁答院家を訪問し、料理を覚えて帰るのだ。つい三日前も、皐月さんがやってきて、茶碗蒸《ちゃわんむ》しを教えてあげた。

「皐月さんや皇女殿下の迷惑でなければ、お力を借りたいです」

「わかった。では、姉に頼んでおこう」

夫は「それから」と言って、銀の筒を懐《ふところ》から取り出し、私の手のひらに置いた。

「仕事中は、これを持ち歩いてほしい」

「こちらはなんですか？」

「上位の管狐《くだぎつね》だ」

夫が銀の筒を爪で弾くと、中から銀色の狐が顔を覗《のぞ》かせる。

「通常の管狐は情報伝達をしたり、手紙を運んだり、と伝令のようにしか使えないが、この管狐は戦闘も可能だ。もしも何かあったときは、迷わずこれを使役《しえき》するんだ」

「貴重な子ではないのですか？」

夫が持ち歩いていたほうがいいのではないか、と言うと、思いがけない提案をしてくる。

「では、危機が訪れたさいは、絶対に私を直接呼べ。瀬那ならば、可能だろう」

「い、いえ！　それはちょっと……」

夫を直接呼べる、というのは、私達の間にある〝契約〟が関係している。

以前、朝子から酷い目に遭《あ》わされていたさいに、夫は私をいつでも助けられるよう、生涯《しょうがい》にたったひとりにだけ誓える契約を交わしてしまった。

契約の証《あかし》である、曼珠沙華《まんじゅしゃげ》の印は今でも私の胸に刻まれている。普段はちょっとした痣《あざ》のようにしか見えないが、入浴して体温が上がり、動揺《どうよう》してドキドキしたときは、濃く色付くようになっているのだ。

危機のたびに夫を呼ぶわけにはいかない。上位の管狐はありがたくお借りしておく。

夫が管狐に「瀬那の言うことをよく聞くのだぞ」と嚙《か》んで含めるように伝えると、「キュ！」とかわいらしい声で返事をしていた。

「瀬那、喫茶店《カフェー》〝いろは〟の場所を把握《はあく》しておきたいのだが、教えてくれるか？」

「はい」

紙に書いて渡しておく。これで安心だろう。

お互いに、潜入調査での無理は禁物だ。なんて話をしつつ、眠りに就《つ》いたのだった。

◇◇◇

私達夫婦の要望を受け、皐月さんが祁答院家にやってくる。

仕事を休んでまで引き受けてくれたらしく、頭が上がらない。そう思っていたのに、皐月さんは私を見るなり抱きついてきた。

「瀬那さん、ありがとう」

いったい何に対するありがとうなのか。思わず首を傾《かし》げてくれる。

「弟が初めてわたくしを頼ってくれましたの。なんだか嬉しくって。たぶん、伊月が変わったのは瀬那さんのおかげだから、お礼を言いたいと思っておりました」

「そういうわけだったのですね」

皐月さん曰《いわ》く、夫の雰囲気《ふんいき》はずいぶんと柔らかくなったらしい。そんな話を聞いていると、私まで嬉しくなってしまう。

「瀬那さん、祁答院家はわたくしに任せてくださいませ！」

「はい、よろしくお願いします」

八咫烏《やたがらす》や那々《なな》は皐月さんにすぐに懐き、手伝いをするため張り切っているようだ。

伊万里にはしっかりふたりの監督をするよう、頼んでおく。

家の仕事は皐月さんに任せ、私は喫茶店〝いろは〟で働くため、まずは面接を受けたのだった。


喫茶店〝いろは〟で働きたいと申し出ると、明日からでもきてほしい、と店主からお願いされた。

なんでも接客経験者が少なかったらしく、料亭〝花むしろ〟で勤務していたと言うと、即座に採用を決めてくれたようだ。

翌日より、私は正式に従業員となった。

服装は身に着ける割烹着《かっぽうぎ》と洋風前掛けのみ貸してくれるらしい。下の着物は私物でいいようだ。

喫茶店〝いろは〟を切り盛りしているのは四十代半ばの男性で、河野忠史《こうのただし》と名乗る。もともと異国人向けの西洋料理店《レストラン》に勤めていたようだが、自分の店を持つ夢があったようで独立したようだ。

そのため〝いろは〟で提供される品目のほとんどが、西洋料理である。

看板料理は三日間じっくり煮込んで作る〝ライスカレイ〟。

一番人気は、伊万里もお気に入りの〝くりいむソウダ水〟らしい。

「くりいむソウダ水は伊万里……親戚《しんせき》の子どもも大好物なんです」

「そうでしたか」

メニューには、〝あいすくりいむを載せた、真桑瓜《メロン》の風味がおいしい炭酸飲料〟とあった。

真桑瓜の炭酸飲料なんて、帝都中探しても見当たらないだろう。

ソウダ水は帝都で購入できるのか聞いてみると、意外な答えが返ってきた。

「あれは輸入雑貨店で販売されている無色透明のソウダ水に、食用着色剤で緑色に染めているだけなんですよ」

つまり真桑瓜風味と書いているものの、実際に真桑瓜が入っているわけではないようだ。

「お祭りのかき氷と同じですね。いちご味、りんご味、といろいろありますが、色が付いているだけで、どれも味わいは一緒なんです」

「そうでしたか」

秘密を教えてもらったので、今度ソウダ水を買って帰り、伊万里や那々に作ってあげようと思った。

「もしや、蓮見さんは調理の経験もあるのですか？」

「はい。料理長に弟子入りし、長年料理修業もしていました」

「でしたら、たまに調理補助も頼めますか？」

「もちろんです」

西洋料理を学ぶ機会なんて、めったにないだろう。ここに潜入している間、何か調理を覚えて帰りたい。なんて野望ができてしまった。

続いて、河野さんは三名の従業員を紹介してくれる。

「えー、右側のほうから、佐藤光江《さとうみつえ》さん、土井和子《どいかずこ》さん、草田悦子《そうだえつこ》さんです。こちらは新しく〝いろは〟で働くことになった、蓮見瀬那さんです」

祁答院家は有名過ぎるので、旧姓を名乗らせていただく。

髪を美しく結い上げた二十歳《はたち》くらいの女性、光江さんが私の名前を聞いてピンときたようだ。

「蓮見って、もしかして料亭〝花むしろ〟を経営している蓮見さん、ですか？　今、邏卒《らそつ》がいっぱいいて、物々しい雰囲気なんですよね」

「ええ、そうなんです。営業が縮小し、昼営業をしていないものですから、こちらで働こうかな、と思いまして」

眼鏡《めがね》をかけた知的な女性和子さんが「大変ね」と同情してくれる。

お下げ髪の女性、悦子さんもこくこくと頷《うなず》いてくれた。

「蓮見さんは〝花むしろ〟で接客の経験があるそうです。みなさん、彼女の一挙手一投足《いっきょしゅいっとうそく》を参考にしてくださいね」

河野さんの言葉に、三人は「はい！」と元気よく返事をしていた。

「えー、では、佐藤さん、蓮見さんに一通り、ここでの仕事を指導してください。慣れてきたら、ひとりでやらせてくださいね」

「わかりました」

そんなわけで、業務開始となる。

私の教育指導を担当してくれる光江さんは、開店前の掃除《そうじ》から教えてくれた。

「まず、机と椅子《いす》を拭いて、床を掃《は》いて雑巾掛けをするの。お店が開くまであと一時間だから、頑張りましょう」

喫茶店〝いろは〟は四人掛け、二人掛けの席がそれぞれ二組ずつあるだけの、こぢんまりとしたお店だ。大通りに位置するものの、そこまで流行《はや》っているわけではない。

その理由を光江さんが教えてくれた。

「みんな、お向かいの喫茶店に行っているみたい」

「競合店が目の前にあるんですね」

「そうなの。向こうのほうが開店はあとだったんだけれど」

なんでも洋風の華やかな仕着せを着た給仕が、笑顔で接客してくれるらしい。

「円筒衣《スカート》服の丈が短くって、動くたびにひらひら揺れるみたい。それを見て、男の人達が鼻の下を伸ばしているそうよ」

「は、はあ」

着物から足首が見えるだけでも恥ずかしいのに、世の中にはとんでもない店があるものだ。そういえば、先日会った朝子も、丈が短い洋服《ワンピース》をまとっていた。今はああいう、足が露出する服が流行なのかもしれない。

「今、喫茶店っていったら、洋風の服が増えてきたでしょう？　喫茶店だけじゃなくて、電話交換手や乗り合い自動車の乗務員も着物を着用している人が少なくなっているって言うじゃない。私、まだ洋服を受け入れられなくって」

そのうち着物は廃《すた》れるだろう、と朝子も話していた。そんな未来がやってきても、私は着物を大切にしたい。光江さんも同じように思っているようだ。

「瀬那さんもそういうふうに考えているってわかって、とっても嬉しいわ。ずっと誰にも言い出せなくて」

初対面であるからこそ、気軽に話せたのかもしれない。思いがけず、打ち解けられてよかった。

掃除が終わる頃には、開店時間になっていた。急いで身なりを整え、客がやってくるのを待つ。

向かいの喫茶店には行列ができているが、〝いろは〟のほうは人の気配すらない。

「いつもこんな感じなの。でも、ずっと閑古鳥《かんこどり》が鳴いているわけじゃなくて、ちらほら流れてくるの」

光江さんが話していたとおり、開店から十分ほどでお客さんがやってくる。

「いらっしゃいませ！」

そこまで声を張ってなかったのに、迷惑そうな顔で見られてしまう。

四十代前後の中年男性のふたり組で、奥にある席を案内した。

厨房《ちゆうぼう》へ下がったあと、光江さんに質問してみる。

「あの、私、声が大きかったですか?」

「いいえ、普通だったと思うわ。あまり気にしないで。ここは人が多く集まらない喫茶店だからか、変わっている人ばかりやってくるの。怪しい記者とか、不倫《ふりん》中の男女とか、妙に急いでいる人とか、個性的なお客さんばかりなのよ」

「は、はあ、そういうわけだったのですね」

店の雰囲気《ふんいき》は悪くなく、出している料理はおいしいのに、変わっているお客さんが多いだなんて。世の中、よくわからないことばかりであった。

「あと、うちのお店、長居しやすい雰囲気みたいなの。給仕があまり主張していないとか、そこまで愛想がないとかで。だから、さっきの瀬那さんみたいににこやかに出迎えられたから、びっくりしたのかもしれないわ」

「な、なるほど」

〝花むしろ〟で働くような接客をしたら、逆に迷惑がられるというわけだ。

こちら側も客には長居してもらって、少しでも情報を聞き出したい。そのためには、無愛想なくらいでいいのだろう。

中年男性ふたり組は、珈琲《コーヒー》一杯で、一時間半もいた。

話している内容は競馬の予想だった。たったそれだけの話題で、よく話せるものだ、とある意味感心してしまう。

あまりにものんびりとした勤務時間だったので、給仕が私含めて四人も必要なのか、と疑問に思ってしまった。

それから、ちらほらと客がやってくる。お昼時には満席になっていた。

出前も取っているらしく、和子さんや悦子さんは自転車に乗って配達に出かけてしまった。厨房も間に合わなくなり、私も調理に参加する。簡単な盛り付けや洗い物をするばかりだったが。

忙しい時間を乗り切ると、河野さんに感謝された。

「やっぱり昼食時にもうひとりいると、余裕ができますね。厨房も手伝ってもらって、とても助かりました」

「お役に立てたようで、よかったです」

お昼が過ぎると、一時間半だけ閉店する。夕方から営業を再開するらしい。

その間に、従業員達は食事をとるようだ。

〝いろは〟では毎日賄《まかな》いが用意される。今日はきつねうどんだった。

休憩室にきつねうどんを持っていき、光江さん、和子さん、悦子さんと一緒にいただく。

うどんはつるつるで、お揚げには汁がじゅわっと染みており、鰹《かつお》の出汁《だし》が疲れた体に沁《し》み入るようだった。

あっという間にペロリと完食してしまう。食後は会話に花を咲かせた。

ここで働く三人は、実家から独立し、ひとりで身を立てて暮らしているらしい。

「いつか結婚できたらいいな、って思うの」

「でも、出会いがなくてねえ」

「ここは変なおじさんばっかりやってくるから」

娘の結婚相手を探すのは父親の仕事だったが、それも過去の話になりつつあるらしい。

恋愛の末に結婚する、というのも今時の女性の間では珍しくないと言う。

「おじさん以外では、野暮《やぼ》ったい邏卒とか」

「そう、わかる！　邏卒ってたまにかっこいい人もいるのに、ここには寄りつかないのよねえ」

「本当に不思議だわ」

ここには邏卒も出入りしているらしい。彼らからも、何か情報を聞き出したいものだ。

「そういえば、瀬那さんは結婚しているのよね？」

「旦那《だんな》さんとはどこで出会ったの？」

「知りたいわ！」

期待に満ちた瞳で質問してくるが、私と夫は恋愛結婚ではない。

出会いも極めて特殊だろう。

朝子の見合い場に私がお茶を運んだところ、夫が「私が妻にと望むのはその女性《ひと》だ」だなんて宣言をしてきたのだ。

もちろん、そんな事情など言えるわけがないので、適当に「よくあるお見合い結婚です」とだけ伝えておく。

「旦那さんはどんな男性《ひと》なの？」

「かっこいい？」

「気になるわ」

一気に質問を受け、たじろいでしまう。

そういえば、同じような年頃の女性と話す機会なんて、あまりなかった。そのため、勢いに圧《お》されているのかもしれない。

しどろもどろになりつつ、言葉を返す。

「夫はとても優しくて、私を大切にしてくれる、稀有《けう》なお方です」

「旦那さんの気持ち、わかるわ」

「瀬那さん、とってもきれいで、真面目《まじめ》で、働き者だもの」

「旦那さんは幸せ者ね」

そういうふうに言ってもらえるとは思わなかったので、照れてしまう。

皆、口々に結婚に憧れていると、夢見るように語っていた。

「あの、みなさんはどうして、ご実家から独立されたのですか？」

その質問に、光江さんが答えてくれる。

「うち、実家が農家なの。だから結婚するとしたら、お婿さんじゃなければならなくって」

さらに、四人姉妹の末っ子だったらしく、姉たちが婿を迎え家族が増えるたびに実家に居づらくなったらしい。

「三番目の姉が結婚したのをきっかけに、もう我慢も限界だと感じて家を出たの」

和子さんや悦子さんも同じような状況で、家を飛び出してきたと言う。

「帝都にやってきたら、誰かがきっと私を見初《みそ》めてくれる。そう思っていたんだけれど、現実は厳しいわね。独立して三年くらい経ったけれど、浮いた話はひとつもないわ」

「どうすれば瀬那さんみたいに、いい男性に出会えるのかしら？」

「狐狗狸《こっくり》さんのお告げで未来の旦那様について聞いてみたいけれど、どこにいるのやら」

悦子さんが気になる単語を口にしていた。詳しく知りたい。そう思って質問する。

「あの、悦子さん。こっくりさんのお告げって、初めて耳にしたのですが、なんのことなのですか？」

「瀬那さん、狐狗狸さんをご存じじゃないのね」

光江さんや悦子さんも知っているらしい。

「狐狗狸さんというのは、狐《きつね》、狗《いぬ》、狸《たぬき》って書いて、〝こっくり〟と読むの」

お告げをするさい、こっくり、こっくりとうたた寝するような動きを見せることから、こっくりさんと呼ばれるようになったのだとか。

噂《うわさ》が出回るうちに、こっくりさんは神様に仕える神使《しんし》が人間の姿になって、お告げを伝えに来てくれるのだ、と広まった。

神使といえば、もっとも有名なのは稲荷《いなり》神社の狐だろう。他にも狗、狸と、さまざまな神使が存在する。

そこから、こっくりさんは狐狗狸さんと文字を当てたらしい。

光江さんは体を乗り出し、ヒソヒソと小さな声で話し始める。

「〝いろは〟にやってくるお客さんの中にも、狐狗狸さんについて話をしている人が多いのよ」

和子さんがさらに、狐狗狸さんについて教えてくれる。

「なんでも、狐狗狸さんには神様の声が聞こえるみたいで、これから起こりうる未来を伝えてくれるらしいの」

悦子さんはうっとりしながら、狐狗狸さんへの思いを口にする。

「ああ、私も狐狗狸さんに会って、お告げを聞きたいわ」

狐狗狸さんは不定期に、人々を集めてお告げをしているようだ。

ただ、誰でも参加できるわけではないらしく、狐狗狸さんのお告げを耳にした人からの招待が必要になるらしい。

「狐狗狸さんの集《つど》いがどうにも胡散臭《うさんくさ》く見えたみたいで、近所の人が邏卒《らそつ》に通報したみたいなの」

「この前お店にやってきた、邏卒が話していたわ」

「邏卒は狐狗狸さんだとは口にしなかったけれど、未来を見る怪しい占い師がどうたらこうたらって、言っていたわ」

それを聞いて、狐狗狸さんで間違いないと思ったらしい。

「どこで集会が行われていたか、邏卒に質問してしまったの。けれども、教えるわけないだろうが、って怒られてしまって」

通報を受け、邏卒が駆けつけた場所ならば、二度とそこで集まりなど行わないだろう。

「会話に口を挟んだのが悪かったのか、その邏卒達はうちの店に寄りつかなくなったの」

「でもあの人達、とっても偉そうだったから、こなくなってよかったわ」

「本当に」

会話が途切れた瞬間、河野さんから「そろそろ開店しますよ」と声がかかった。

夕方の営業は二時間だけ。和子さんと組んで、夕食の忙しい時間を乗り切ったのだった。

祁答院家に帰ってきたのは、すっかり日も暮れ、夜空に宵《よい》の明星《みょうじょう》が輝くような時間帯だった。

伊万里と那々、八咫烏《やたがらす》が出迎えてくれる。

「奥様、おかえりなさいませ！」

「瀬那様、おかえりなさい！」

「カア！」

「ただいま」

みんなの顔を見た瞬間、緊張が解けたのかホッとしてしまう。

ぎゅっと抱きしめたかったものの、夕方の営業でしこたま揚げ物をしてきたばかりだった。きっと、油の臭《にお》いが染みついているだろう。

「皐月さんは？」

「夕方に帰られました」

「一緒に、お鍋《なべ》を作ったよ」

「そう」

なんでも皐月さんは夕食の準備までしてくれたらしい。蟹《かに》を持ってきていたらしく、夕食はそれで鍋を用意してくれたようだ。

のちほど管狐《くだぎつね》を使い、お礼状を送ろう。

あとからお萩《はぎ》がやってきて「お風呂の準備ができております」と言ってくれた。

今日ほどお風呂が恋しく、ありがたいと思う日はなかったように思える。

温かい湯にじっくり浸かって、一日の疲れを落としたのだった。

私の帰宅から二時間後——夫も帰ってくる。

相変わらず邏卒の制服姿がよく似合っているが、横殴《よこなぐ》りの雪が降っていたようで、全身粉雪まみれとなっていた。

雪を手で払ってあげると、お疲れな様子の夫と目が合った。

「今日も、大変な一日だったみたいですね」

「ああ」

なんでも定時に帰ろうとしたら、上司から報告書をもう一度書くよう命じられたらしい。命令どおり修正して出したら、もう一回直せ、と言われたのだとか。

「腹が立って、一時間ほど帝都警察の過去の事件について調査し、そのあと、一回目に提出した報告書をそのまま出した」

すると、問題なく通ったらしい。夫に嫌がらせをするために、書き直しを要求していたようだ。

「とんでもないお方のもとに配属されてしまったようですね」

そういった嫌がらせは日頃から、夫以外の部下にも行われているらしい。それが原因で辞めていった邏卒はひとりやふたりではないようだ。

「辞められる者はまだいい。辞められずに、今も上司からのいじめに耐えている者もいる。もう我慢が限界なのか、顔にまったく生気がなかった」

とにかく気に入らない者は酷《ひど》い扱いをし、気に入った者は毎晩のように家に連れていくほどなのだとか。

夫が潜入した帝都警察の環境は壮絶だった。喫茶店《カフェー》〝いろは〟とは大違いである。

「奴については絶対に許さない。潜入任務が終了するまでに、不正を発見して、今の地位から引きずり下ろそうと思っている」

夫は無表情のまま、仕返しについて口にした。他人に無関心な夫が、怒りの感情を見せるのは珍しい。

自分が嫌がらせを受けたからというよりも、一緒に働く者達が苦しんでいることが許せないのかもしれない。

「瀬那、勤務一日目はどうだった?」

「みなさん、優しい方々ばかりで。忙しい時間もあるのですが、なんとかこなせました」

「それはよかった」

と、ここで立ち話をしている場合ではない。

ひとまず、ゆっくり休んだほうがいいだろう。そう思って夫に問いかける。

「お風呂になさいますか? それともお食事になさいますか?」

「瀬那がいい」

「えっ!?」

想定外の返しに、鳩が豆鉄砲を食ったような表情をしていたことだろう。

私の反応を見た夫は、噴きだしたように笑った。

「冗談だ」

そう言って私の頭を撫《な》でると、浴室のほうへと向かっていく。

冗談なんか口にする男性《ひと》ではないのだが、私が深刻な空気を振りまいていたので、和《やわ》らげたかったのだろう。

夫が風呂から上がってきたら、皐月さん特製の蟹鍋《かになべ》を囲む。

「皐月さん、昆布から出汁《だし》を取って、鍋を作ってくれたようです」

「料理の腕がずいぶんと上達したな」

「本当に」

皐月さんの努力の賜物《たまもの》だろう。

鍋の蟹は新鮮なものを買ってきてくれたのだろう。殻《から》の中に身がずっしり詰まっていて、うま味が非常に濃い。蟹味噌も濃厚で、身を浸けて食べると極上《ごくじょう》の味わいとなる。

ついつい夢中になって、蟹をいただいた。

夕食後は、夫と共に潜入調査について報告し合う。

「喫茶店〝いろは〟では、給仕の女性達から興味深い話を耳にしました」

狐狗狸《こっくり》さんについて説明すると、夫の眉間《みけん》の皺《しわ》が深くなる。

「人々に神のお告げを伝える代理人か。怪しいとしか言いようがないな」

「ええ」

夫はしばし考え込む素振りを見せていたが、途中で何か思いついたのかハッとなる。

「もしや、その狐狗狸が呪いの妖狐《ようこ》ではないのか？」

「あ――たしかに！　何かしらの関連性がありそうです」

狐狗狸さんの中にしっかり狐が入っているのに、呪いの妖狐だと気付いていなかった。

「どの辺りで、狐狗狸とやらに会えるものなのか？」

「お告げを聞いた人の招待が必要みたいです。ただ、つい最近、狐狗狸さんの集《つど》いを邏卒に通報した人がいるみたいで、もしかしたら帝都警察に報告書があるかもしれません」

「わかった。明日、調べてみよう」

少し早いが、今日のところは休むとしよう。

夫と共に、眠りに就《つ》いたのだった。


翌日も私は喫茶店〝いろは〟に出勤し、情報を得るために働く。

今日は開店してすぐ、女性のふたり組がやってきた。年頃は三十前後だろうか。

光江さんや和子さんと仲よさそうに話している。

その様子を覗《のぞ》き込んでいたら、悦子さんが教えてくれた。

「あちらにいる方々は私達が歓迎する数少ない常連さんなの。ひとりは電話交換手、ひとりは印刷機の鍵盤《けんばん》弾き。職業婦人ってやつね」

職業婦人というのは、かつて男性がしていた仕事を担《にな》う女性のことだ。皆、彼女達に憧れているようで、あのようにお喋《しゃべ》りするのだと言う。

「私もきちんと学校を卒業していたら、彼女達みたいな仕事をしたかったわ」

「今から勉強をするのも、遅くないのでは？」

「そうかしら？」

「何かを始めるのに、遅いも早いもないと思いますよ」

そんな言葉を返すと、悦子さんの表情が明るくなる。

「だったら今度、貸本屋に参考書でも借りに行こうかしら？」

働きながら勉強するのは大変だろうが、努力はいつか実を結ぶ。きれいごとかもしれないけれど、将来に希望や目標もなく、ただ淡々と働くよりはいいだろう。

「いつも、あの人達がキラキラしているように見えて、羨《うらや》ましかったわ。話を聞いているだけでも楽しかったんだけれど。そうよね。今からでも、遅くない」

彼女らは忙しいようで、常連さんといっても、週に一度来るか、来ないかの頻度《ひんど》らしい。

「癖《くせ》のあるおじさんとかは、毎日やってくるんだけれど。常連さんといえば、あとひとりいるの。最近、来ていないのだけれど」

四十代後半くらいの女性で、ここで働く皆のことを娘のようにかわいがってくれるらしい。皆、彼女のことを慕《した》っているのだとか。

「ひとり、娘さんがいたみたいなんだけれど、乳離れする前に奪われてしまったのですって。再婚した旦那《だんな》さんは邏卒《らそつ》なんだけれど、子どもはできなかったそうよ。ちょうど娘さんが私達と同じくらいの年齢だから、かわいく見えるのですって」

乳離れ前の娘と離れ離れになるなんて、辛《つら》かっただろう。子を強制的に奪うなんて、酷いとしか言いようがない。

「その常連さん、娘さんについて、ずっと悔《く》いが残っているようで、母親失格だ、自分なんて母と名乗る資格なんてない、って自分を責めていたわ」

「そう。とても苦しかったでしょうね」

私と常連の女性の立場は違うが、気持ちはわかるような気がする。母という存在を大きく受け止めすぎて、母親になれないのではないか、と考えていたのだろう。

「私は子を大切に思う心があるだけで、母と名乗っていいと思います。難しく考える必要はないんです」

「瀬那さん、それ、常連さんが聞いたら、喜ぶと思います」

「ええ。会えたらいいですね」

なんでも、今日来ている常連の女性達以上に、その常連さんが姿を現す頻度は少ないらしい。

「邏卒の旦那さんが、毎晩のようにお気に入りの部下を連れ帰ってくるので、夕食の用意が大変みたいです」

「まあ……考えただけで、気が滅入《めい》るようなご家庭なのですね」

「ええ、そうなの」

そのため、喫茶店〝いろは〟にやってくるのは、一ヶ月に一回あるかないか、の頻度だと言う。

それにしても、いくら部下を気に入っているとは言え、毎晩のように家に招くのはやりすぎだろう。なんて考えていたら、「あ!!」と叫びそうになる。両手を口に当てて、なんとか堪《こら》えた。

「瀬那さん、どうかしたの？」

「い、いえ、その、くしゃみが出そうになりまして」

いきなり大きな声をあげたので、悦子さんを驚かせてしまった。咄嗟《とっさ》の言い訳だったが、誤魔化《ごまか》せたのでホッと胸をなで下ろす。

お皿洗いをしに行くと言って、その場を離れる。

食器を洗いながら、先ほど気付いた点について考えた。

毎晩のように部下を連れていく常連さんの旦那さん、というのは、帝都警察へ潜入している夫の上司なのではないのか。

家に部下を招くという点が一緒だった。ただ、それは邏卒の文化である可能性もある。

情報がわかったからといって、事件が解決に繋《つな》がるわけではないのだが。

世間はとてつもなく狭いのだな、とお皿を洗いながら思ってしまう。

この日は新しい情報を得られないまま、一日が終わった。


夜――夫と共に成果を報告し合う。

「というわけで、喫茶店〝いろは〟の常連さんの女性の旦那さんが、伊月様の上司である可能性が浮上しました」

「間違いないだろうな」

「すみません、お役に立てる情報ではなくて」

「いいや、そのようなことはない。いつか、何かしらの役に立つだろう」

夫は問題の上司の目をかいくぐり、通報された占い師の集会について調査したらしい。

「ざっと一年ほど、民間の通報がきっかけで捜査した事件についてまとめたものを調べたのだが、それらしき記録は見つからなかった」

　殺人や事故など、行方不明《ゆくえ》など、さまざまな事件に関連している可能性があると想定し、調べたようだが結果は同じ。

「まだ断言はできないものの、何者かが事件についてもみ消しているのかもしれない」

「そんな！」

「事件に関わっていた邏卒もいないようだった」

　ふと、思い出す。狐狗狸さんの集いについて口にしていた邏卒達はお店に来なくなった、と話していた。もしかしたら、事件を知る彼らは行方不明になったのかもしれない。

　いったい誰が、どういう目的で行っているのか。わからないことばかりであった。

「もっと時間があれば、いろいろ調べられたのだがな」

　相変わらず、夫は上司に目を付けられ、陰湿な嫌がらせを受けているのだとか。

「今日は私が見えないという設定だったようで、肩で風を切るようにやってきたかと思えば、思いっきりぶつかってきた」

　ただ、夫は常日頃から鍛えているので、逆に上司のほうが転んでしまったらしい。

「それで、嫌がらせの方向性を瞬時に変えたようで、逆に私がぶつかってきたと騒ぎ出したのだ」

夫はそのとき、怒りを覚えたというよりも、機転の速さに感心してしまったらしい。

大勢の目撃者がいるにもかかわらず、責任転嫁《てんか》させる判断力にも舌を巻いたようだ。

「あの、なんと言いますか、嫌がらせの相手が伊月様だと、やりがいを感じないのでしょうね」

「反応が薄い、と毎回怒られるな。そのうち、嫌がらせをしなくなるかもしれん」

上司にはもっと頑張ってほしい、と夫は斜め上の発言をする。

「もちろん、他の者への嫌がらせは許せないが」

「そうですね」

思わず、深いため息をついてしまう。

「瀬那、どうした？」

「いえ、この問題を来年に持ち越したくない、と思いまして」

「それもそうだな」

夫は「年末までには解決しよう」と言ってくれる。

なんの憂《うれ》い事もなく、お正月が迎えられますように。そう、願ってしまった。

◇◇◇

今日は久しぶりの休日である。

もう一ヶ月もしないうちにお正月なので、少しずつ準備をしたい。

「というわけで、御節供《おせちく》の準備を始めましょうか」

私の言葉に、那々は首を傾《かし》げていた。

「瀬那様、おせちく、ってなぁに？」

「季節の変わり目に神様にお供えをし、その食材で作る料理のことよ」

それは五節句と呼ばれていて、人日《じんじつ》、上巳《じょうし》、端午《たんご》、七夕《しちせき》、重陽《ちょうよう》の、一年に五回ある。

皆で御節供をいただいて邪気《じゃき》を祓《はら》おう、という催《もよお》しなのだ。

その中でも、お正月に食べる御節供はもっとも豪華で、華やかな盛り付けの料理を用意する。

保存が利《き》く料理は一ヶ月前から作っておくのだ。

料亭〝花むしろ〟でも、常連さんからの要望で御節供を販売していた。今年も頑張って作っている頃だろう。

「重箱にたくさん料理を詰めて、新年からお祝いするのよ」

「わー、おいしそう!」

「今年はみんなで、御節供をいただきましょうね」

「うん!」

伊万里もわくわくしているのか、嬉しそうな表情を浮かべていた。

那々の肩に留まっている八咫烏《やたがらす》も、楽しみなのか「カアカア」鳴いている。

「まずは栗きんとんの用意からしましょうか」

甘く煮た栗を、練《ね》ったサツマイモと混ぜて作る料理である。

「栗きんとんは〝黄金の団子〟って意味があるの。食べると金運を招くそうよ」

まず、使うのはサツマイモだ。皮を厚めに剝《む》いて、みょうばん水に浸けておく。

「こうすると、灰汁《あく》がよく抜けて、蒸《ふか》したサツマイモ自体も色鮮やかになるみたい」

サツマイモを煮るさいには、クチナシを入れているのも重要だろう。

「このクチナシも、サツマイモの色をきれいにしてくれるの」

みょうばん水とクチナシ、両方使って初めて、黄金と呼ばれるような栗きんとんになるのだろう。

続いて、秋に水煮にして保存しておいた栗を甘露煮《かんろに》にする。

水に砂糖を加え、じっくり煮込んでいくのだ。

そうこうしているうちに、サツマイモが茹《ゆ》で上がる。

「伊万里、那々、サツマイモを潰してくれる？」

「わかりました」

「はーい」

八咫烏はサツマイモの味見係である。ふーふー息を吹きかけ、冷ましたサツマイモを食べさせてあげた。

おいしかったようで、翼をバサバサ動かしつつ、「カー！」と鳴いていた。

サツマイモを潰す那々が羨《うらや》ましそうに見つめていたので、サツマイモの欠片《かけら》をあげる。

もちろん、伊万里にも食べさせてあげた。

「サツマイモ、おいしー」

「とっても甘いですね」

サツマイモは秋から冬にかけて、じっくり熟成させていたのだ。サツマイモ大会で食べ尽くさなくてよかった、と思ってしまう。

栗の甘露煮が完成する。あとは、サツマイモを仕上げるばかりだ。

伊万里と那々が潰したサツマイモに砂糖を加え、ゆで汁を少し加えながら練っていく。

なめらかになったら、栗の甘露煮と混ぜる。黄金に輝く栗きんとんの完成だ。

「まずはひと品目、と」

「瀬那様、御節供って、どれくらい作るの？」

「全部で十品くらいかしら」

「す、すごーい」

みんなで力を合わせたら、あっという間に完成するだろう。

今日から少しずつ、作っていきたい。

第三章　妖狐夫人は狐狗狸さんからお告げを聞く

毎日しんしんと雪が降り、庭は一面雪化粧《ゆきげしょう》となる。

天狐《てんこ》達は雪下ろしをしたり、帝都まで続く道の除雪をしたり、と忙しいようだ。

今日はあまりにも雪が深いので、馬車は動かないらしい。夫は馬に乗って出勤していった。私には仕事を休むように言っていたが、管狐《くだぎつね》を使って欠勤を知らせるわけにはいかないだろう。

はてさてどうしたものか。なんて考えていたら、雪女のゆきみさんが遊びにやってくる。

今日も表鬼門《おもてきもん》からではなく、比較的自由に出入りできる裏鬼門《うらきもん》を通ってきたようだ。

雪のような真っ白の美しい髪に、陶器《とうき》のようになめらかな肌、白装束《しろしょうぞく》をまとったゆきみさんは、れっきとした男性である。

本名は〝雪美〟と書いて〝ゆきよし〟と読むようだが、かわいくないので〝ゆきみ〟と呼ぶように言われていた。

「雪のことで困っているんだったら、あたしに相談しなさいよ」

なんて言いつつ、ゆきみさんは祁答院《けどういん》家一帯と、帝都まで続く道の雪を溶かしてくれた。

「ゆきみさん、ありがとうございます。とっても助かります」

「こんなのお安い御用よ」

出勤まで時間があるので、ゆきみさんをおもてなしする。

昨日、那々《なな》に食べさせるためにこしらえた、あいすくりいむがあった。

冷たい珈琲《コーヒー》に載せて、〝珈琲フロウト〟、と呼ばれる喫茶店《カフェー》〝いろは〟の人気商品を作ってみる。

「ゆきみさん、どうぞ」

「ありがとう！　とってもおいしそうだわ」

ゆきみさんはあいすくりいむを匙《さじ》で掬《すく》い、ぱくりと食べる。

「んー、冷たい！　あいすくりいむとの境目にある、珈琲が凍っている部分が最高ね！」

「そこ、たまらないですよね」

「本当、甘くて苦くて、素晴らしい甘味だわ」

喜んでもらえて何よりである。

「瀬那《せな》、あなた今、働いているんですって？」

「ええ……。少々、込み入った事情に巻き込まれてしまったんです」

「この前こっそり遊びに行ったら、虫明《むしあげ》がそう言っていたものだから」

さらに、ゆきみさんは皐月《さつき》さんとばったり会ってしまったらしい。

「本当にびっくりしたわ。伊月《いつき》のことだから、絶対に敷居を跨《また》がせないと思っていたんだけれど！」

「いろいろありまして、今は皐月さんを頼っているんです」

私が夫に頼んだと打ち明けると、「あの男も変わったものねえ」としみじみした様子で言っていた。

かつて皐月さんはゆきみさんに好意を寄せていたようだが、その想いに応えられないから、と彼は女装をするようになったのだ。

「久しぶりに皐月と会ったけれど、案外普通だったわね。あたしが長年意識し過ぎていたみたい。なんだかスッキリしたわ」

「それはよかったです」

これからは幼なじみとして接することができる、とゆきみさんは安堵《あんど》したように話していた。

「でも、いろいろあったって、何か面倒事でもあったの？」

もしかしたら、あやかし達の間でも妖狐《ようこ》について噂《うわさ》になっているかもしれない。ゆきみさんに事情を話してみた。

「呪いを振りまく妖狐というのが、帝都に出回り、人々の命を狙っているそうなんです」

「なんなの、その物騒な事件は」

「私もよくわからないのですが、邏卒《らそつ》の被害者が多いそうです」

「ふうん。初めて耳にしたわ」

あやかしが何か目立つような行動をしていたら、ゆきみさん達が暮らす幽世《かくりよ》でも噂になるという。

しかしながら、例の妖狐については誰も話題にあげていないらしい。

「あたしも少し、現世の知り合いに話を聞いてみるわ」

「ありがとうございます」

ゆきみさんは「じゃあまた！」と手を振りながら、姿を消した。

彼が去ったあとは、雪がはらはら舞い散る。

美しい雪に見とれている場合ではない。出勤の準備をしなければならないだろう。

「そ、それは――」

帝都は祁答院家の敷地内ほど積雪はなかったが、道がうっすらと白く染まっていた。

気温の低下が原因で車の発動機がかからなかったらしく、街は混乱しているらしい。唯一運行している乗合馬車の停留所には長蛇の列ができていた。

凍結した路面で滑らないよう、慎重に歩いていく。喫茶店〝いろは〟に行き着いたのは、開店前だった。

「すみません、遅れました」

店主である河野《こうの》さんがひょっこり顔を覗《のぞ》かせ、他の人も今来たばかりだと教えてくれた。

「帝都は雪がちょっと降っただけで、人や交通が混乱しますね」

「ええ、本当に」

なんて話をしている間に、開店の時間を迎えたようだ。

暖を取るため、客が駆け込んでくる。

「いらっしゃいませ」

「温かい珈琲をくれ！」

「かしこまりました」

次々とお客が押しかけ、お昼の時間に突入してしまう。

雪の影響でこんなに忙しいものだと思っていたら、向かいの喫茶店が臨時休業したからだ、と光江《みつえ》さんから教えてもらう。

「お向かいの喫茶店の給仕ったら、今日は雪だから出勤できないって言ってほぼ全員休んだそうよ」

「そ、そうだったのですね」

路面は凍結しているし、生地が薄い洋装で働くのは辛《つら》いだろう。こんな日くらい、店休日でもいいのでは、と思ってしまった。

なんとかお昼の部を乗り切った。昼食は河野さんが湯豆腐を作ってくれた。

こういう寒い日は、温かい物を食べるに限る。

夕方からの営業もきっと忙しいだろう。気合いを入れて、頑張らなければならない。

バタバタしていると、会話を盗み聞きする余裕すらない。なんて思っていたら、悦子《えつこ》さんからまさかの情報提供があった。

「あのね、狐狗狸《こっくり》さんの集《つど》いについて、話している人がいたの！　次の満月の晩に、人を集めてお告げをしてくれるそうよ！」

ちょうど、会話しているところに悦子さんが紅茶を運んでいったらしい。

「詳しく聞きたかったんだけれど、他のお客さんに呼ばれてしまって。残念だわ」

次の満月はおそらく十日後――これだけわかっていたら、調査もしやすいだろう。

心の中で、悦子さんに感謝した。

その日の晩、夫に報告する。

「次の満月は十日後か。管狐を使ったら、会場を探し当てるのもたやすい。しかしながら、招待がないと入れないのが問題だな」

「忍び込むより、参加者として会場入りしたほうがいいですよね？」

「まあ、そうだな」

どうしたものかと考えていたら、ピンと閃《ひらめ》く。

「あの、歌舞伎《かぶき》役者の寅之介《とらのすけ》さんが、そういうの、知ってそうだと思いません？」

「ああ、たしかに」

以前も怪しい興行の招待状を持っていて、私達に譲《ゆず》ってくれたのだ。

「そういえば、帝都の演舞場に寅之介さんが大きく描かれた看板が飾られていました。もしかしたら今、何かしらの舞台に立っているのかもしれません」

楽屋訪問すれば、少しの時間であるが面会が叶うだろう。

寅之介の名前を出した途端、夫は険しい表情になる。

「あの、歌舞伎の入場券を取るのは難しいのでしょうか？」

「いや、そんなことはない。知り合いに伝手《つて》があるから、頼めばいつでも入手できる」

「ではなぜ、難しい顔をされていたのですか？」

夫は指摘されて、初めて表情がとげとげしくなっているのに気付いたらしい。

盛大なため息をひとつ零《こぼ》してから、心の内を話してくれた。

「以前、寅之介が瀬那に気があるような発言をしたのを思い出し、不快な気持ちになっただけだ」

「ああ……そういえば、ありましたね」

寅之介が〝花《はな》むしろ〟で見初《みそ》めたのは、朝子《あさこ》と名乗って女将《おかみ》役を務めていた私だった。

寅之介は朝子と私に騙《だま》され、結婚してしまったのである。

「寅之介のところには、私ひとりで行ってくる。瀬那は待っていてくれ」

「彼が狐狗狸さんの集いについて知っている、というのは私の憶測でしかないのですが、よろしいのですか？」

「ああ。何かしらの情報は握っているだろう。ひとまず私がどうにかするから」

「承知しました。では、お願いいたします」

そんなわけで、寅之介への接触は夫に任せる。

◇◇◇

それから数日経ち——夫はあっさり狐狗狸さんの集いへの招待状を持ち帰った。

「本当に寅之介さんが持っていたのですか？」

「ああ」

もちろん、無償《ただ》ではないだろう。

「どうやって譲っていただいたのですか？」

「人探しを頼まれて、見つけて突き出しただけだ」

「な、なるほど」

寅之介の探し人というのは、もしや朝子ではないのか。尋ねると、夫は深々と頷《うなず》く。

「あの女、寅之介名義で借金をしていたらしく、大目玉を喰らっていたな」

「自業自得《じごうじとく》としか言いようがありませんね」

「まったくだ」

寅之介は朝子を捕獲し、借金は返さなくてもいいから、離婚届に判を捺《お》すように、と命じていたようだ。

そんなわけで、朝子は独り身に戻ってしまったようだ。

「離婚が成立したあとは、寅之介の元を離れたくないと暴れ始めたのだが……」

最後の足掻《あが》きなのだろうか。さすが朝子だ。かなりしぶとい。

「あの、朝子から何か文句を言われませんでしたか？」

「文句というか、離婚させた責任を取って、私と結婚しろなどと言っていたな」

呆《あき》れたの一言である。朝子はまだ、夫との結婚を諦めていないようだ。

「あの者、瀬那よりも自分のほうが器量を備えていると訴えるものだから、瀬那の爪の垢《あか》を煎《せん》じて飲んでおけ、と叱《しか》っておいた」

すると、朝子は急に大人しくなったようだ。夫は軽く「叱る」と表現したものの、朝子はそれ以上の恐怖を感じたのかもしれない。

「最終的に動かなくなったので、父親が迎えに来て、引きずるように帰っていった」

「お父様、朝子のことを見捨てなかったのですね」

「みたいだな」

泥沼としか言いようがない騒動のあと、夫は無事、狐狗狸さんの集いの招待状を受け取ったようだ。

「瀬那を連れていかなくて、正解だった」

「家族がとんでもなく迷惑をおかけしていたようですが」

「気にするな。あの者達に絡まれる瀬那を想像したら、ゾッとする。一生会わせたくない」

夫はかなり過保護なのではないのか、と新たに気付いてしまった。

話は狐狗狸さんの集いに戻る。

「会場は下町のほうにある、古い酒場みたいだ。百名近く招待されるらしい」

思っていた以上に、大がかりな集いのようだ。

「なんでも〝玉串料《たまぐしりょう》〟を払い、金額がもっとも大きかった上位五名のみ、お告げをいただけるようだ」

ちなみに、支払った玉串料とやらは、お告げを聞かなくても返金されないらしい。

そのため、他の参加者に負けないように、と一回の集いでかなりの金額が集まるようだ。

「なんだかうさんくさいですね」

「話を聞けば聞くほど、例の妖狐《ようこ》とは別件のように思えてきたな」

どうか事件は狐狗狸さんに繋《つな》がっていますように。迫り来る年末を感じながら、そう願ったのだった。

残りの期間、私は喫茶店《カフェー》〝いろは〟に情報収集に行ったり、伊万里《いまり》や那々と屋敷の大掃《おおそう》除《じ》をしたりと、バタバタしながら過ごしていく。

時間に余裕があれば、御節供《おせちく》を作るのだ。

今日は皐月さんがやってきて、御節供作りに興味津々《しんしん》の様子を見せていた。

「瀬那さんが作る御節供ですから、とってもおいしいのでしょうね」

「料亭〝花むしろ〟の料理長直伝なんですよ」

期待に応えられるよう、極上《ごくじょう》の御節供を作るのだ。

今日、調理するのは〝黒豆〟である。

黒真珠《くろしんじゅ》のような美しい照りがある黒豆を完成させるのは、実は難しい。

あの豆を甘く煮ただけの料理に、こだわりと手間暇が詰まっているのだ。

「まず、鍋《なべ》に水、砂糖、醤油《しょうゆ》、錆《さ》びた釘を入れます」

「水、砂糖、醤油に錆びた釘って、瀬那さん、なんてものを入れるのですか!?」

皐月さんは実に気持ちがいいくらい、驚いてくれた。

そうなのだ。黒豆作りには、錆びた釘が必要不可欠なのである。私も初めに聞いたときは驚いたものだった。

「錆びの成分と黒豆の色素が水に溶け出した結果、美しい黒が生まれるのです」

この錆びた釘というもの、料理用にわざわざ作るのだ。

「作り方は簡単です。煮沸《しゃふつ》消毒させた新品の釘を、塩水に漬けておくんです」

三日間ほど浸けると、ほどよく錆びる。その釘を布で包んで、水や砂糖、醤油と一緒に煮込んでいくのだ。

「この煮汁に、収穫したばかりの黒豆を浸けておきます」

「どれくらいですの？」

「五時間くらいでしょうか？」

黒豆を浸ける間、別の御節供——田作りを皐月さんと一緒に完成させた。

五時間後、やっと黒豆を煮込む段階になった。

「この黒豆は鍋で沸騰《ふっとう》させないように、弱火で煮込むんです」

鍋の中で黒豆を踊らせるのは厳禁。丁寧《ていねい》に灰汁《あく》を取りながら、時間をかけて煮込むのだ。

「瀬那さん、黒豆はどれくらい煮込みますの？」

「八時間くらいでしょうか？　つきっきりです」

「ヒッ!!」

皐月さんは黒豆がこんなにも手間がかかるとは知らなかったらしい。

「来年から黒豆を見る目が変わってしまうかもしれません」

あとは私に任せていいと言ったのだが、皐月さんは頷かなかった。

八時間、最後まで黒豆を見守ってくれた。

完成した黒豆を前に、皐月さんは感激した様子でいる。

「瀬那さん、この黒豆、宝石のように美しいですわ！」

「ええ。今年は特に上手《うま》くできたような気がします。皐月さんが手伝ってくれたおかげですね」

「そういうふうに言ってくださると、頑張った甲斐《かい》がありましたわ」

少しだけ黒豆を味見してみる。

表面はつやつや、中はふっくら煮上がっていて、ほどよい甘みがたまらない。

「黒豆には、邪悪な気を遠ざけ、勤勉に働き、健康で過ごせる一年であるよう、願いを込めて食べるそうです」

「そんな意味が込められているのですね。来年からは、一粒一粒大事にいただきたいです」

皐月さんとお喋《しゃべ》りしているところに、管狐《くだぎつね》が飛んでくる。「キュ、キュ！」と鳴き声を上げつつ、手をパタパタと動かしていた。

「瀬那さん、この子はいったいなんですの？」

「夫が帰ったと教えてくれる管狐です」

　家が近付くと、夫は管狐を放って、もうすぐ帰ると知らせてくれるのだ。

「あら、もう伊月が帰宅するような時間ですのね。早く帰りませんと」

「すみません、こんな遅くまで、お手伝いしていただいて。とても助かりました」

「いいえ、お気になさらず。瀬那さんと一緒に過ごすのが楽しくて、時間を忘れてしまったわ」

「そのようにおっしゃっていただけると、嬉しいです」

「また、お料理しましょうね」

「はい」

　では、と言ってそそくさ帰ろうとする皐月さんを引き留める。

「あの、一緒に夕食を食べませんか？」

「え、でも、あの子……伊月が嫌がるかと」

「そんなことないと思います」

　夫の皐月さんに対する態度は、ずいぶんと軟化している。以前のように、刺々《とげとげ》しい態度は見せないはずだ。

「今日の夕食だって、一緒に作ったものではありませんか」

皐月さんの手を握って懇願《こんがん》すると、最終的に頷いてくれた。

そんなわけで、皐月さんと一緒に夫を出迎えることとなった。

今日、夫は邏卒《らそつ》の仕事は休みで、久しぶりに御上《おかみ》のもとへ向かったらしい。

そのため、着物姿で帰宅する。

「ただいま戻った」

「伊月様、おかえりなさいませ」

皐月さんは私の背後に隠れ、小さな声で「伊月、おかえりなさい」と声をかけた。

「姉上、帰ってなかったのか？」

「伊月様、私が皐月さんを引き留めたんです。夕食をご一緒しようかと思って」

「そうだったのか。久しぶりだな」

夫は皐月さんに対し「湯を浴びてからでいいか？」と問いかける。

「え、ええ。温まってからがよろしいかと」

「わかった。では、急いで入ってくるから、しばし待っていてくれ」

ゆっくり浸かったほうがいい、と伝えようとしたのだが、夫は風呂場へスタスタと歩いていってしまった。

皐月さんは素早い動きで私を振り返り、ぎゅっと手を握る。

「瀬那さん、あの子、本当に雰囲気《ふんいき》がやわらかくなりましたわ！　いったいどんなおまじないをお使いになりましたの？」

　なんでも夫は、皐月さんが駆け落ちする前から冷たい態度しか見せず、一緒に食事をしようと誘っても、首を縦に振らなかったらしい。

「今日も、無視されるか、断られるかと思っていました！　結婚して、伊月の中にも優しさ、という感情が生まれたのでしょうね」

　大げさな……と思いかけるも、朝子とのお見合いのときに会った夫は、たしかに冷たい印象しかなかった。

　最近、夫はよく笑うし、冗談も口にする。雰囲気も皐月さんが言うように、やわらかくなったのかもしれない。

　私が夫を変えたのではなく、夫が変わろうとした結果だろう。

「伊月と一緒に食事ができるだけで、こんなに嬉しいなんて。瀬那さん、ありがとう」

　微笑《ほほえ》み合い、ほっこりとした空気が流れていたものの、ふと気付く。

「皐月さん、伊月様の〝急いで入る〟とは、どれくらいの時間なのでしょうか？」

「ご、五分くらい、でしょうか？」

「でしたら、夕食の仕上げを早くしませんと！」

夕食は黒豆の灰汁取りと同時進行で、皐月さんと作っていたのだ。

品目はフグのお吸い物にお刺身、鮭の朴葉《ほおば》焼き、合鴨《あいがも》の治部煮《じぶに》に、芥子《からし》レンコンに冬菜《とうさい》の雪衣《ゆきごろも》だ。

鮭の朴葉焼きに火を入れ、合鴨の治部煮を温める。他の料理は小鉢《こばち》に盛り付けた。お萩《はぎ》も手を貸してくれたので、夫がお風呂から上がるまでの時間に間に合った。

皐月さんは十数年ぶりに夫と夕食を囲むようで、緊張しているようだった。

一方、夫は食卓に並んだ料理が気になっている模様。

「今日はフグか」

「ええ。寅之介さんが離婚のお礼に、と贈ってくれた物を調理いたしました」

「よほど、離婚できたのが嬉しかったようだな」

寅之介と朝子について皐月さんに説明しようか、と彼女のほうを見たら、それどころではなかったようだ。

夫を前に、かなり緊張しているように見える。このままでは、料理の味もわからないだろう。

「あの、伊月様、こうして皐月さんと夕食を共にするのは、久しぶりなんですよね」

「ああ、そうだな」

話を広げようと思ったものの、皐月さんの緊張がうつってしまったのか、頭が真っ白になってしまう。

シーンと静まりかえってしまった。このままでは気まずい。何か別の話題を、と口を開こうとした瞬間、皐月さんが夫に話しかける。

「伊月、結婚前のあなたはなぜ、わたくしとの食事を拒《こば》んでいたのですか？」

皐月さんの質問で、さらに空気が重く沈んでいく。どうしてこうなったのか。心の中で頭を抱え込んでしまった。

黙り込む夫に、皐月さんは追い打ちをかける。

「わたくしは今日みたいに、あなたと一緒に食卓を囲みたかったのに……なぜ？」

夫は腕を組み、眉間《みけん》に深い皺《しわ》を刻む。

そのまま黙り込むと思いきや、低く、重苦しいような声で語り始めた。

「それは――かつての私が、家族は離れていくものだから、と考えていたから」

皐月さんは思いがけない理由だったからか、瞠目《どうもく》していた。

夫は話を続ける。

「父は孤独だった。母に逃げられ、親戚《しんせき》から財産を狙われ、近しい親兄弟は離れていく。父の姿は未来の私自身だと、ずっと思っていた。優しく接してくれる姉上も、いずれいなくなる。だから絶対に心を許してはならない、どうせ失ってしまうものだから」

夫の言葉に、胸がぎゅっと締めつけられる。幼少期より心を閉ざし、未来に備えていたなんて。

「実際、父は早くに亡くなるし、親戚は相変わらず祁答院家の財を狙っているし、姉上はどこぞの馬の骨と駆け落ちしてしまった。予想していたとおり、私は独りになった」

皐月さんの瞳からは、大粒の涙が浮かんでいた。

「私は間違っていなかった。そう思っていたのに、瀬那と出会って結婚したら、いつの間にか私の周囲にはたくさんの愛すべき者達が集まっていた。瀬那と出会う前から彼らは傍にいたのだろうが、私が孤独だと思い込むあまり、気付いていなかったようだ」

夫はもう、悲観的になるのをやめたと言う。

「瀬那を、天狐《てんこ》や訪れてくれる者達を、大切にしようと思った。姉上も、そのひとりだ」

「伊月！」

皐月さんは立ち上がると、一目散に夫のもとへと走っていく。そして、勢いそのままに抱きついたのだ。

「あなたの寂しさに気付いてあげられなくて、ごめんなさい」

夫に縋《すが》りながら涙する皐月を、夫は優しく抱きしめる。

姉弟《きょうだい》仲が完全に修復したようで、本当によかった。


冷めてしまった料理は、お萩が温め直してくれた。

改めて、夕食の時間となる。

皐月さんは瞼《まぶた》を腫《は》らし、目は真っ赤だったものの、晴れやかな表情だった。夫も、どことなく皐月さんを見つめる眼差《まなざ》しがいつも以上に優しい気がする。

気まずさもきれいさっぱりなくなっていたので、ホッと胸をなで下ろした。

「伊月様、今日は皐月さんと一緒に夕食を作ったんです。冬菜の雪衣は皐月さん作なんですよ」

冬菜の雪衣というのは、ホウレンソウに絹豆腐を和《あ》えた料理だ。ホウレンソウがふわふわ雪をまとうような一品で、料亭〝花むしろ〟でも人気が高かった。夫が栽培《さいばい》した寒締めホウレンソウとの相性は抜群《ばつぐん》だろう。

夫が冬菜の雪衣を食べる様子を、皐月さんは緊張の面持《おもも》ちで見つめる。

「――おいしい。品がある味つけで、ホウレンソウの甘みが引き立つようだ」

夫の感想を聞いた皐月さんは、ポロポロ涙を零《こぼ》す。

そういえば以前、自分が作った料理をいつか弟に食べてもらいたい、なんて話していたような。夢が叶い、感極まったのだろう。

「姉上はすぐ泣く」

「これは嬉し涙なので、流してもいいものなんです」

「そういう決まりは初めて耳にした」

姉弟のやりとりを聞いて、つい笑ってしまう。

自然な様子で話せるようになって、本当によかった。

「今日は夜遅くまで、この料理を作っていたのか？」

「いえ、今日は御節供《おせちく》に入れる、黒豆を瀬那さんと炊《た》いていましたの」

御節供、と呟《つぶや》いてから、夫はハッとなる。

「ああ、そうだ。姉上、正月は何か予定はあるか？」

「いいえ、特にありませんが」

「だったら、久しぶりにここで、一緒に正月を迎えないか？」

ここ数年、祁答院家ではお正月は何もしていなかったらしい。けれども今年は私が御節供を用意すると宣言したので、新年を盛大に祝おうと決めたらしい。

「年の瀬に餅《もち》つきをして、庭師が組んだ門松《かどまつ》やしめ縄を飾って、年越しそばを囲んで、新年を迎えたら、瀬那が作った御節供を皆で食べたい」

嫌ならば断ってくれ、という夫の言葉を聞いた皐月さんは、首をぶんぶん横に振る。

「ぜひとも、参加させていただきたいです」

夫は腕を組み、深々と頷《うなず》く。皐月さんは満面の笑みを浮かべ、楽しみにしていると言ってくれた。


夕食後、皐月さんに今日は泊まっていくよう声をかけたのだが、明日、予定があるようで帰っていった。

ふたりきりになると、夫が頭を下げるのでギョッとしてしまう。

「ど、どうかなさったのですか?」

「姉上とのこと、心から感謝する」

なんでも皐月さんとの関係について、どうにかしたいと考えていたらしい。

「長年、姉上には素直になれず、怒りを覚え、許したはずなのに、心の中でなんとも言えない感情が燻《くすぶ》っていた。どう接すればいいのかわからず、長い間、悩んでいたのだ」

私が間に入り、緩衝材《かんしょうざい》になってくれたおかげで、普通に話せるようになったと言う。

「だから、ありがとう」

「えっと、はい。お役に立てて、何よりでした」

皐月さんと一緒に過ごすお正月は楽しいだろう。そんな話をしながら、眠りに就《つ》いたのだった。

◇◇◇

翌日——ゆきみさんが訪問してくる。

「今日も伊月はいないの？　嫌ねえ、夫が不在のときに、人妻を訪ねてしまうなんて」

なんでも以前、私がお願いしていた調査の報告にやってきてくれたらしい。

今日は削った氷に金柑《きんかん》の蜜をかけた氷菓で、ゆきみさんをもてなす。

「は——、瀬那さんの作る料理は本当においしいわ。ここの家の子になりたいくらいよ」

「その、もったいないお言葉です」

早速、ゆきみさんは本題へと移る。

「そうそう！　前に瀬那さんが話していた呪いの妖狐《ようこ》について、帝都に調査しに行ったんだけれど、驚くような女性《ひと》に出会って」

ゆきみさんが出会った女性——それは、以前、朝子が見かけたという、私の立ち姿や声が似ている人だった。

「もうびっくりしたの。声をかけられた瞬間、瀬那さんだと思ったから」

ゆきみさんはすぐに、私の母親だと察したのだという。

「でも、次の瞬間に彼女が名乗ったのだけれど、蓮見《はすみ》家の人じゃなくて」

そういえば、ゆきみさんに蓮見家の事情を話していなかった。

ここで軽く打ち明けておく。

「ゆきみさん、うちの母は私が乳離れする前に、蓮見家を出ていったの」

「ってことは――？」

「ええ。その女性は、私の母である可能性が高いです」

「そうだったのね」

なんでもあやかし同士が街で出会ったときは、害を為《な》す存在ではない、と証明するために名乗りを上げるのだ。

「なんでも、私が迷子の雪女だと思ったらしいの」

ゆきみさんは人から姿を隠す呪術《じゅじゅつ》をかけていたので、ごくごく普通の人間に見える女性に話しかけられて、たいそう驚いたようだ。

「本当に、化けが上手《うま》かったわ。彼女が妖狐だと言って、一瞬耳を見せてくれなかったら、信じなかったくらい！」

私に似た女性が妖狐だった、ということは、ほぼほぼ母で間違いないのだろう。

「その親切な女性は、あたしを裏鬼門《うらきもん》まで案内してくれたの」

「ゆきみさんが迷子になった雪女だと信じて、疑わなかったのですね」

「ええ、そう」

裏鬼門の前までゆきみさんを連れていった女性に、ある質問を投げかけた。

「呪いの妖狐が話題になっているけれど、あなたは何かご存じ？　って聞いたら、蓮見家のご当主様じゃない？　って、即答だったわ」

「蓮見家の当主って、お父様のことじゃないですか！」

思わず笑ってしまった。まさか逃げられた愛人から、呪いの妖狐扱いされているとは父は想像もしていないだろう。

「その妖狐の女性は、呪いの妖狐について心当たりはないように思えたわ」

ゆきみさんの話を聞いて、ホッとする。心のどこかで、母に似た女性が呪いの妖狐なのではないか、と決めつけていたから。

「ただ、少し気になったのは、彼女自身、邪気《じゃき》というか、怨念《おんねん》の靄《もや》みたいなものをまとっていたの。それが気になるわね」

「怨念の靄、ですか」

「ええ、そう。あやかしである以上、そういう靄は切って離せないのだろうけれど、量がとんでもなかったから」

　靄を集めてしまう原因はふたつある。

　ひとつは弱っていて、悪《あ》しき気に乗っ取られそうになっているとき。

　もうひとつは、他人の恨みを買って恨まれているとき。

「知らない間に、妖狐の女性が悪事に手を染め、私怨《しえん》をその身にまとっていた、という可能性はなきにしもあらず、というわけですね」

「ええ、そうなの」

　ゆきみさんが妖狐の女性を見かけたのは、大通りだという。奇《く》しくも、喫茶店《カフェー》〝いろは〟がある辺りだった。

「ゆきみさん、情報提供、ありがとうございました」

「お役に立てたかしら？」

「ええ、とても」

「よかった」

　ゆきみさんは微笑《ほほえ》み、そのまま帰ろうとした。そんな彼を引き留める。

「あの、ゆきみさん」

「何かしら？」

「話が変わるのですが、来年、祁答院家ではお正月をお祝いするんです。よろしかったら、遊びに来てください」

「あら、祁答院家のお正月なんて、久しぶりじゃない。いいわね、楽しそう」

ゆきみさんは参加してくれると言う。ひとりでも多く、賑《にぎ》やかなほうがいいと思っていたので、ホッと胸をなで下ろした。

「お正月を心待ちにしているわ」

「はい！」

「じゃあ、また来年」

ゆきみさんの姿は雪に変わり、はらはらと舞う。雪の粒が太陽の光に照らされ、真珠《しんじゅ》のように輝いていた。

この世でもっとも美しい雪を、ひとり眺めたのだった。

◇◇◇

お正月の準備は着々と進んでいった。今日は夫と一緒に、松迎《まつむか》えを行う。

本日は宣明暦《せんみょうれき》という古い暦《こよみ》の中で、〝鬼の日〟とされている。

鬼の日は婚礼以外であれば吉、と伝えられているようだ。そのため、松迎えをするにふさわしい日と言われているようだ。

夫はのこぎりを手に、キリリとした表情で屋敷の裏山を眺めていた。

松迎えというのは正月飾りを採りにいく、という意味らしい。

お正月に歳神様《としがみさま》を迎えるためには、正月飾りが目印になると伝わっている。また、正月飾りは家の結界を守る力もあるようだ。

「歳神は五穀豊穣《ごこくほうじょう》を司《つかさど》る神で、家に豊かさと幸福をもたらしてくれる。年の初めに歳神を迎え、もてなすのは重要なのだ」

夫の話を那々と伊万里はほうほう、と頷きながら聞いている。とても為になる話だ。

祁答院家がお正月をしていた時代は、毎年当主が手ずから松や笹、竹などの正月飾りに使う素材を採りに足を運んでいたのだとか。

虫明に伊万里、那々、八咫烏《やたがらす》も参加し、大所帯になっている。

「ではまず、竹林から行こうか」

夫の言葉に、那々が元気よく「はーい！」と返事をする。

こういうとき、使用人は返事をせずともよいのだが、かわいいので何も言わないでおいた。いいところは伸ばそう、というのが私の教育方針である。

夫も那々へ「よい返事だ」と評価していた。

褒《ほ》められてはにかむ那々は、とてつもなく愛らしかった。

竹林では笹と竹を採る。門松《かどまつ》は四つ、作るらしい。

「門松は心身を清めて神を祀《まつ》る、〝斎竹《いみだけ》〟と呼ばれる役割がある。表門と裏門に対《つい》で置いて、不浄を防ぐのだ」

ここでは真っ直ぐ伸びた竹と、艶《つや》のある笹を採っていく。

そのあと松を採り、柊《ひいらぎ》や榊《さかき》の枝など、正月飾りに使う植物を集めていった。

八咫烏は樹の高いところにある、きれいな枝を摘《つ》んできてくれた。木登りが得意な那々は、南天の実を採る。

一方、視力が優れている伊万里は、八咫烏や那々にまっすぐ伸びた美しい枝がある場所を教えていた。

日が暮れる前に下山し、採ってきた材料を広げた敷物の上に並べていく。

いい品が集まった、と夫は満足げな様子でいた。

皆、竹を切ったり、枝を選別したりと忙しそうだったが、私はお萩と一緒におやつの準備を行う。

昨日から仕込んでおいた栗善哉《くりぜんざい》と、金柑生姜茶《きんかんしょうがちゃ》を運んでいく。

縁側に座り、皆で食べたのだった。

栗は栗きんとんの余りを全部入れた。小豆《あずき》に栗の黄色が混ざるだけで、色合いが美しく感じる。

小豆はやわらかく煮込まれていて、栗はほくほくだ。

金柑生姜茶には、生姜湯に蜂蜜《はちみつ》漬けにした金柑を入れたものだ。ピリリとした中に、金柑と蜂蜜の甘さが交ざり合い、ホッとするような味わいに仕上がっていた。

ひと息つくのにうってつけの甘味とお茶だったわけである。

調査の合間に、いい息抜きになった。

明日からまた頑張ろう。そう思えるような一日だった。

◇◇◇

とうとう、狐狗狸《こっくり》さんの集《つど》いの当日を迎えた。

開催は夜。場所は中央通りにある、茶道の家元がお茶会に使うような広い会館だった。

以前、下町で行って邏卒《らそつ》に通報されたので、今度は民家が集まった場所を避けたのだろう。

狐狗狸さんの集いは服装規定があり、仮面で顔を隠す必要があると、寅之介から譲《ゆず》ってもらった招待状に書かれていた。

さらに、偽名を名乗らなければならないという。

夫と私は縁日で売っているような狸の面を装着し、名前は〝狸家《りけ》〟と名乗る。

出入り口には、修験装束《しゅげんしょうぞく》――法衣に姿に片手に錫杖《しゃくじょう》、片手にホラ貝を持つ、山伏《やまぶし》のような恰好《かっこう》をした男性が立っていた。

背が高く、鍛えているのか、がっしりとした体付きである。

鬼面を被《かぶ》っており、体の大きさも相まって、恐ろしい空気を振りまいていた。

そんな男に招待状と、玉串料《たまぐしりょう》を支払った。すると、中に入って待つように言われる。

夫は注意深く、男を観察しているようだった。

会場は思っていたよりも広い。前方に舞台が設置されていて、幕が下ろされていた。

灯りは蠟燭《ろうそく》がぽつぽつと灯っているばかりで、かなり薄暗い。そんな中で、仮面を被る人々が続々とやって来る様子は、不可解としか言いようがなかった。

椅子《いす》がずらりと並んでいて、好きな場所に座っていいらしい。

ぞくぞくと参加者達が集まってくる。一時間ほどで、席が埋まっただろうか。

突然、どこからともなく風が吹き、蠟燭の火が一気に消える。

真っ暗になっても妖狐《ようこ》である私は夜目が利《き》くので問題ない。けれども、そういう状況になっても、動揺《どうよう》を見せずに静かに過ごす人々が不気味だった。ぞくっと鳥肌が立ち、寒気を覚える。

恐れる私の感情を夫は読み取ってくれたのか。そっと肩を抱いてくれた。

夫の温もりを感じていると、恐怖は和《やわ》らいでいく。

突然、カンカンカンカン、という拍子木の音が鳴り響いた。その音に合わせて、幕が上がっていく。

舞台上には行灯《あんどん》がひとつだけ灯されていて、人がふたり、立っているのが確認できた。

ひとりは先ほど出入り口にいた山伏のもの。

もうひとりは狐の仮面を被った、中肉中背《ちゅうにくちゅうぜい》の女性。

彼女を目にした瞬間、冷や汗が浮かんできた。同時に、嫌な予感、と言えばいいのか。不吉な存在《もの》を目にしたときのような、言葉にできないもやもやが心の中に広がっていく。

狐狗狸さんらしき女性の登場に、会場がざわざわと騒がしくなったが、山伏の男が錫杖を舞台に叩きつけた。

シャン！　という音が鳴ると、人々は会話を止めて静かになる。

「これより、狐狗狸様のお告げを伝える」

山伏の男は声色や佇《たたず》まいから、四十代から五十代くらいの男性だろうと推測する。狐の仮面の女性も、おそらく同じか、少し年下か。仮面を付けていて顔は見えないので、はっきりと判別できない。

夫は私に身を寄せ、耳元で囁《ささや》く。

「狐の仮面の女性は、佇まいが瀬那にとても似ている」

それを耳にした途端、胸がどくんと脈打つ。

自分ではわからないものの、他人の目にはそう見えるようだ。

朝子や瀬那が見かけた私に似ている女性というのは、彼女だったのだろうか。

だとしたら——いいや、今は深く考えないほうがいいのだろう。

山伏の男は錫杖を掲《かか》げつつ、尊大な態度で話を続けていた。

「今から発表する、五組の者達のみ、お告げを受けることになる」

次々と名前が挙がり、最後に私達の偽名である狸家が呼ばれた。

呼ばれなかった者達は、肩を落としつつ会場をあとにしている。

残ったのは八名だけ。ふたり組もいれば、ひとりでいる者も見られた。

山伏の男は出入り口の扉を閉め、しっかり施錠《せじょう》している。

舞台上に戻りながら、お告げについての説明をしていた。

「これまで善行を積んでいた者には、神よりお告げがあるだろう。そうでない者は、神に呪われ、厄災《やくさい》が降り注ぐ」

それを耳にした参加者のひとりが、「ヒイイイ」と悲鳴をあげて立ち上がる。逃げようと出入り口に向かったものの、しっかり施錠されていたので開かない。

夫は何かに気付いたようで、再度私の耳元で囁いた。

「あの逃げた男、帝都警察ですれ違った覚えがある」

つまり邏卒というわけだ。

この暗い中で判別できるなんて、夫の能力には感嘆《かんたん》してしまう。

逃げた男は何か呪われるような心当たりがあったのか。尋常《じんじょう》でないほど、慌てている様子だった。

山伏の男は逃げた男の腕を掴《つか》み、舞台のほうへ引きずっていく。

「まずはお前から、神のお告げを聞かせよう」

「お、お許しください、お許しください！」

これから狐狗狸さんのお告げが始まるらしい。夫と共に、固唾《かたず》を呑《の》んで見守る。

山伏の男は錫杖を舞台に叩きつけながら、法螺貝《ほらがい》を吹く。

狐の仮面の女性は酒瓶《さかびん》を手にし、徳利《とっくり》に注ぎ入れる。

山伏の男は聞き取れないような祈禱《きとう》を読み上げつつ、徳利を手に取ると、狐の仮面の女性に飲ませた。

酒を口にした狐の仮面の女性は、絹を裂くような悲鳴をあげ、倒れてしまった。

山伏の男は狐の仮面の女性の首根っこを摑んで、無理矢理起き上がらせる。

そして祈禱を唱えると、狐の仮面の女性はビクリと全身を震わせ、こっくり、こっくりと首を動かし始めた。

これが噂《うわさ》に聞いていた、狐狗狸さんがお告げを行う状態なのだろう。

山伏の男が叫ぶ。

「おお――神が、神がお降りになった！」

神の声は大きくないようで、参加者に近付くよう山伏の男は命令するが、お告げを恐れているのか、なかなか近寄ろうとしない。

山伏の男は狐の仮面の女性を参加者に近付け、お告げを強制的に聞かせる。

耳元で囁かれた逃げた男は、「ヒイイイイ!!」と悲鳴を上げ、失神してしまった。

同時に、狐狗狸さんの意識もなくなったようだ。

山伏の男は狐狗狸さんから手を離すと、ばたん、と音を立てて舞台上に転がる。なんというか、狐狗狸さんの扱いが雑だ。思わず嫌悪感を抱いてしまった。

山伏の男は、覚醒《かくせい》しない男を舞台袖《ぶたいそで》へ引きずっていく。

あの状態は呪いを受けた、ということなのか。よくわからない。

その後、何事もなかったかのように山伏の男が戻ってきて、次なるお告げが読まれる。

喜んでいる者達もいれば、表情を暗くする者達も見られた。最初の男性のように、失神する者はいなかった。

最後に、私と夫が呼ばれる。ドキドキしながら舞台上に上がり、狐の仮面の女性と向かい合って座った。

一種、狐の仮面の女性と目があったような気がして、落ち着かない気分になる。

仮面の下にある瞳は、どこか寂しげだった。

そうこうしているうちに、お告げが始まった。

先ほど同様に神酒《みき》を飲むと意識が遠のき、祈禱で目覚める。

まず、私が先だと山伏の男に言われた。

狐の仮面の女性に近付くと、ヒソヒソと耳打ちされる。

「――〝あなたは将来、大切な人を失うだろう〟！」

それを耳にした瞬間、ゾッと悪寒《おかん》が走る。慌てて離れるも、声が耳の中にこだましているように思えて、気持ちがぐらぐら揺さぶられる。

朝子やゆきみさんは、佇まいが似ていた女性は声も私とそっくりだ、なんて言っていたものの、自分の耳では判別できなかった。

夫が背中を支えてくれる。心配そうな瞳と目があった。具合が悪いように見えたのだろう。大丈夫だから、と頷《うなず》いてみせた。

続いて、夫のお告げが読まれる。

「――、〃――、――〃！」

お告げを聞いた夫は、驚いた表情を浮かべていた。

実にあっさりと、お告げの時間は終わった。

「以上、これにてお開きとする」

山伏の男は、今日のことは誰にも吹聴《ふいちょう》しないよう、参加者達に言い聞かせる。

「もしも約束を破った場合は、神に呪われるだろう」

会場の鍵《かぎ》が開くと、参加者達はぞろぞろと帰っていく。

ふと振り返ると、すでに舞台上に山伏の男と狐の仮面の女性は姿を消していた。

帰りの馬車で、夫に狐狗狸さんの集いの感想を述べる。

「それにしても、なんだか胡散臭《うさんくさ》く見える儀式でしたね」

「まあ、そう思ってしまうのは無理もない。ただあの狐狗狸とやら使っていたのは、正統な神降ろしの儀式だ」

「そ、そうなのですか!?」

きちんとした手順が踏まれた儀式だったと夫は説明する。

「あれは〝調伏《ちょうぶく》〟という、人や人形などの依坐《よりまし》に神々を乗り移らせることにより、託宣《たくせん》
――神々の意志を伝える術式だ」

御上もあのような儀式を陰陽師《おんみょうじ》にやらせるらしく、夫は神を降ろす方法を把握《はあく》してい
たようだ。

「で、では、耳元で囁かれたお告げは本物、というわけなのですね」

「おそらく」

全身に寒気が走る。狐狗狸さんなんてでたらめだ、信じる必要はない、と自らに言い聞
かせていたのに。

「あの、伊月様のお告げはどのような内容だったのですか?」

「私は――〝いずれ大きな宝に恵まれるだろう〟と言っていた」

どうやら夫は、不吉なお告げではなかったらしい。その点だけはよかった、と思う。

「瀬那は?」

「私は……〝あなたは将来、大切な人を失うだろう〟というもので」

ふいに不安が押し寄せ、涙がポロポロ零《こぼ》れてしまう。そんな私を、夫は優しく抱きしめてくれた。

「瀬那、心配するな。現世に生きる者達は、総じて命に限りがある。そのお告げは、それを示していたのだろう」

「だと、いいですね」

今後、誰一人として失いたくない。お告げは夫が言うような意味であってほしいと願ってしまった。

「いくつか、わかった」

「なんでしょうか？」

「ひとつは山伏の男についてだ」

そういえば夫は出入り口で会ったときからお告げの終了までの間、注意深く観察しているようだ。短い時間で、気付いたことがあったと言う。

「あの山伏の男は、帝都警察での私の上司だろう」

「なっ！」

声や話し方、体格、歩く姿勢や速度から、上司で間違いないと口にする。

「そういえば、山伏の男に連れ去られた男性も、邏卒《らそつ》だとおっしゃっていましたが、何か関係あるのでしょうか？」

「明日、調べてみよう」

「どうか、お気を付けて」

山伏の男の正体が夫の上司だった以上、調査はこれまで以上に慎重にしなければならないだろう。

「ひとまず、今日、途中退場した邏卒について調査し、身元が判明次第、上司に気に入られる作戦に移ろうと思う」

「じょ、上司に気に入られる作戦、ですか？」

「ああ、そうだ」

例の上司は気に入った者を家に招待し、もてなすという情報を摑んでいた。

「奴の懐《ふところ》に入り込み、家に転がりこんで詳しく調査したい。あとは、狐の仮面の女性が誰なのかも、暴こうと思っている」

狐の仮面の女性は、果たして上司の妻なのか。それともまったく無関係な女性と手を組んでいるのか、それも気になるところである。

もう一点、引っかかる部分があった。

「伊月様、あの女性は――」

「瀬那の生き別れとなった母親だろう。佇《たたず》まいだけでなく、声もそっくりだった」

狐狗狸《こっくり》様のお告げを聞くさい、夫が驚いていたのは、私と声が似ていたからだと言う。

「顔は似ていないと思われます。私と朝子は父親似なので」

腹違いの姉妹なのに、双子のようにそっくりだと言われながら育った。

母親が違うのだから、顔くらい違ってもよかったのに。

「なるほど。本人か判断できるか頼めるのは、蓮見家の当主くらいか」

「ええ。ただ、私の母か否《いな》か、確認する必要はありますか？」

狐の仮面の女性が私の母なのか、暴くのは調査にはまったく関係ない。手間になるのではないか、と夫に問いかける。

「たしかに事件には関係ないが、瀬那は気になるだろう？」

「い、いいえ、気になりません。私を捨てた母親ですから」

夫は私の顔を覗《のぞ》き込み、首を横に振る。

「いいや、気になっている。瀬那、一度、母親と話をして、これまでどう思っていたか、言葉にしたほうがいい。親という存在は、どうあがいても、子どもより長生きしないのだから」

死んだら何も叶わなくなる。だから母親が生きている今、思いのすべてを打ち明けるべきだ、と夫は言った。

「私も姉との関係について、そのままでいいと思っていた。しかしながら、瀬那が姉と話をする場を設けてくれた。姉に伝える言葉なんてなかったはずなのに、気がついたら、つらつらと語っていたのだ。たぶん、瀬那も母に対して、思う部分があるのだろう」

夫の言葉に、こくんと首を縦に振ってしまう。

「一度……一度でいいので、母と、お話ししてみたいです」

「だったら、調査をしよう」

またしても、涙が零れてしまう。夫の言葉に、頷くことしかできなかった。

◇◇◇

年末となり、お正月の準備で忙しくなる。

呪いの妖狐《ようこ》について、ある程度情報が集まったため、喫茶店《カフェー》〝いろは〟での潜入任務は終了となった。

挨拶《あいさつ》に行ったら、店主である河野さんだけでなく、光江さん、和子《かずこ》さん、悦子さんの三人まで惜しんでくれる。

最後に握手をして別れようとしたら、悦子さんが私を引き留めた。

「そういえばこの前話していた、娘さんと生き別れになった常連さんの話、覚えている？」

「え？　ええ」

「その人がこの前やってきて、瀬那さんの言葉を伝えたら、涙を流して喜んでいたわ」

私と同じ、母という言葉に苦しめられていた女性《ひと》だった。気持ちが楽になったのならば、よかったと思う。

「瀬那さんとも、一度会ってもらいたかったわ」

「そう、ですね……」

似たような悩みを持つ者同士、わかちあえたかもしれない。

「〝いろは〟では、今度から客として通う予定だから、もしもその常連さんがいたら、紹介していただけますか？」

「もちろん！　その常連さん、神月瀬津子《こうづきせつこ》さんって言うんだけれど」

声を上げそうになったものの、寸前で呑み込む。

子どもと生き別れになり、苦しんでいた女性とは神月瀬津子だったようだ。その可能性について気付いていたのだが、改めて耳にすると驚いてしまった。

ということは、彼女の子どもというのは――いいや、深く考えるのは止めよう。

「瀬那さん、どうかしたの？」

「い、いいえ。その、突然辞めてしまい、いろいろと申し訳なくって」

短期間で辞めることとなって申し訳なく思ったが、新しい人材は夫が送り込んでくれたようだ。

みんな、私を温かく送り出してくれた。

那々の化けが上達したら、三人で〝くりいむソウダ水〟を飲みに行こう。

それから、例の〝常連さん〟と話をする機会があるのだろうか。

いいや。今は気持ちがごちゃついて、冷静に考えられない。これも、時間が解決したらいいなと思った。


今日は冬至《とうじ》なので、庭師に柚子湯《ゆずゆ》用の柚子を収穫しておくように頼んでいた。

冬に採れる柚子は非常に香りが強くて、いい匂《にお》いがするのだ。

そんな柚子の香りは、強力な邪気祓《じゃきばら》いとなるらしい。

さらに、〝柚子〟と〝融通《ゆうずう》〟の言葉をかけ、〝物事の融通が利《き》きますように〟という願いが込められているようだ。

柚子湯に入る理由は、〝冬至〟と〝湯治〟をかけた言葉遊びらしい。

なんでも柚子は血行を促進し、体を温めてくれるという。まさに、今日みたいな寒い日にぴったりの習慣だというわけだ。

柚子の収穫を手伝おうと思っていたのだが、夫が「柚子の木は棘《とげ》があるから危ない。慣れている庭師に任せておけ」と言うのだ。

なんというか、夫はとてつもなく過保護である。

庭師に柚子の収穫を頼んだところ、二、三個あれば充分だと思っていたのに、木箱いっぱいに届く。

こんなにたくさん採れるほど、たくさんの柚子を育てていたなんて知らなかった。

なんでも祁答院家の裏山のほうに、ちょっとした果樹園があるらしい。そこでさまざまな柑橘《かんきつ》類を栽培《さいばい》しているようだ。

大量の柚子は蜂蜜《はちみつ》漬けを作ることにした。伊万里や那々の手を借りつつ、柚子を丁寧《ていねい》に洗っていく。

八咫烏《やたがらす》は濡れた柚子の前で翼をパタパタ動かし、乾かしてくれた。

続いて調理に取りかかる。

まず柚子を半分に切り分け、煮沸《しゃふつ》消毒させた瓶《びん》に果汁を絞《しぼ》っていく。その瓶に蜂蜜も加え、混ぜ合わせる。

柚子の種、身と薄皮を取り除き、細切りにしたものを先ほどの果汁と蜂蜜を入りの瓶に入れ、よーくかき混ぜる。あとは、冷暗所でしばらく漬けていたら、柚子蜂蜜の完成だ。

葛湯《くずゆ》に溶かして入れてもおいしいし、ダイコンと一緒に漬けてもおいしい。

喉《のど》の調子が悪いときは、そのまま舐《な》めたら炎症を抑える効果もある。疲労回復効果もあるので、元気がない日にぴったりだ。

皐月さんにも分けてあげるために、もうひと瓶作っておいた。

夕食はカボチャの煮付けと、粥《かゆ》を炊《た》く。これも、冬至にちなんだ料理である。

カボチャは栄養豊富なので、厳しい冬を乗り越えるのにうってつけな食材だと言われているらしい。

粥は〝冬至粥〟と呼ばれているもので、小豆《あずき》と白米を使って炊くものだ。

なぜ、冬至に小豆を使った粥を食べるのかというと、小豆の赤には邪気をはね除ける力があると信じられているらしい。そんな謂《いわ》れがあるので、白米を小豆で赤く染めて食べるようだ。

カボチャの煮付けと粥という、精進《しょうじん》料理みたいな品目になってしまったが、今日は冬至なので許してほしい。

朝食には魚を焼いて、力を付けてもらおう。

邏卒《らそつ》の制服姿で帰った夫は、ぐったりと疲れた様子で帰宅してきた。

「伊月様、おかえりなさいませ」

「ただいま」

夫は現在、上司に気に入られるよう、あれやこれやと普段ならしない行動を繰り返しているらしい。そのため、げっそりとやつれた状態で帰ってくるのだ。

「今日も大変だったようですね」

「ああ。媚《こ》びを売るというのは、どうにも性《しょう》に合わない」

夫は任務を成功させるため、身を粉《こ》にして働いている。

「あの、お風呂が沸いておりますので」

「わかった」

温かい湯にじっくり浸かったら、疲れも取れるだろう。

「伊月様、今日は柚子湯なんです」

「ああ、冬至か」

「はい。香りを楽しんできてくださいね」

それに加えて、ひとつ提案してみた。

「あの、お背中を流しましょうか？」

「瀬那が、か？」

「はい」

普段、手が届かない背中を他人に洗ってもらうのは、とても心地よいものだ。

私も幼少期に、料亭〝花むしろ〟で働く仲居さん達と銭湯に行ったさい、背中の流し合いをしていた。そのときの仲居さんのように上手《うま》くできる自信はなかったものの、夫のために何かしたいと思ったのだ。

「あの、迷惑でしょうか？」

「まったく迷惑ではない。その、頼む」

「はい！」

そんなわけで、幼少期ぶりに他人の背中を流すこととなった。

襷《たすき》で袖《そで》が邪魔にならないように結び、裾《すそ》も邪魔にならないようにしておく。ドキドキしながら脱衣所で待機していたのだが、夫から「準備ができた」とお声がかかる。

「失礼します」

中に入ると、浴室には柚子のいい香りがふんわりと漂っていた。

夫は背中を向けた状態で待っている。すでに髪は洗ったようで、しっとり濡れている。このような姿を見るのは新鮮であった。

「では、お背中をお流ししますね」

「ああ」

濡らして絞《しぼ》った手ぬぐいに粉石鹼《こなせっけん》を振りかけ、ぶくぶく泡立《あわだ》てる。

「伊月様、始めます」

夫がこっくり頷《うなず》いたのを確認し、背中をごしごし洗い始めた。

「痛くないですか？」

「ああ、平気だ」

「もう少し、強くても大丈夫ですか？」

「頼めるか？」

「お任せください」

仲居さんが洗ってくれたときも、けっこう力が入っていた。優しく擦るよりも、少し強めの力でごしごし擦ったほうが気持ちいいのだ。

結果、夫の陶器《とうき》のようになめらかな背中を、真っ赤に染めてしまったわけである。

「伊月様、申し訳ありません！　玉のようなお肌が、赤くなっております」

「よい、気にするな」

気持ちがよかった、と言ってもらえたことは救いか。

私はそそくさと浴場から撤退《てったい》した。

夫はお風呂から上がったあと、改めて感謝してくれる。

「瀬那、背中を流してくれて、ありがとう」

「いえいえ。お背中、ヒリヒリしませんか？」

「いいや、まったく。ああいうふうにしてもらえるのが、よいものだとは知らなかった」

「そのようにおっしゃっていただけて、何よりでございます」

お気に召していただけて何よりである。次にする機会があれば、もっと上手くできるだろう。また今度、声をかけてみようと思った。


夕食はカボチャの煮付けと冬至粥をいただく。

「今日は食欲がないと感じていたから、粥が身に染みるようだ。カボチャの煮付けも甘くておいしい」

「それはようございました」

疲れ切った夫にとって、カボチャの煮付けと粥の組み合わせは好ましいものだったらしい。ホッと胸をなで下ろした。

「このまま瀬那とゆっくり眠れたら、よい一日だったと言えるのだがな」

事件についての報告があるらしい。

「上司の身元についてだが、キナ臭《くさ》い情報を得た」

帝都警察の一等邏卒、神月拓男《こうづきたくお》――士族の出で長男だったが、とある事情があって実家から継げる土地や財産がなく、身を立てるために帝都警察にて邏卒となる。目立った活躍はなかったものの、二十五年もの間の勤勉な勤務態度が評価され、今の地位に収まる。

「ここ五年ほど、目まぐるしく出世しているらしい」

その五年前というのが、狐狗狸《こっくり》さんの噂《うわさ》が出始めた頃だったと言う。

「どうやら奴は、狐狗狸さんの力を使って、気に食わない者は蹴落《けお》とし、出世の道を歩んでいるらしい」

ここ最近でも、一名、神月に楯突いていた邏卒が行方《ゆくえ》不明となっていた。

「新田守《にったまもる》、三十三歳、三等邏卒――彼は前回の狐狗狸さんの集《つど》いで、途中で退場した男と同一人物で間違いない」

狐狗狸さんの集いの翌日より行方不明となり、現在も捜査を進めていると言う。

「何やら彼は、神月の命令で帝都警察の中で不都合な情報を、処分していたらしい」

良心の呵責《かしやく》に襲われたのか、ある日、神月にこのようなことはもう止めるよう、意見した。さらに、内部告発をするとも言いだしたようだ。

「よく、そこまで調査できましたね」

「神月に囚われていた新田守を救出したからな」

なんでも彼は帝都警察内にある独房に収容されていたらしい。

それだけでなくケガを負っていたようで、夫は新田守を祁答院家の傍系《ぼうけい》が経営している病院へ連れていった。治療中、彼は神月を恐れ、うなされていたらしい。

よほど、独房で酷《ひど》い目に遭《あ》っていたようだ。

夫は彼の傷が回復したのを見計らって、事情を洗いざらい聞き出した。

それが、先ほど私に話してくれた真実だったと言う。

「現在、独房には呪術《じゆじゆつ》で作った新田守を置いている。相手にとって都合のよい幻影が見えるようにしておいたから、まあ、しばらくは騙《だま》されてくれるだろう」

狐狗狸さんの集いで彼が恐れていたのは、神月の命令で行っていたさまざまな悪行が、自分自身に返ってくることだったのかもしれない。

立場が弱い者を利用し、使えなくなり、都合の悪い状況に追い込まれようとしたら、処分する。なんて悪辣《あくらつ》な男なのだろうか。

こんな男が五年間も野放しになっていたなんて——考えていただけでもゾッとする。

「ひとまず、神月に気に入られ、自宅に招待してもらえることに成功した」

どうやら夫は、無事、目標を達成していたらしい。

嫌われている状態からどうやって好かれるようになったのか。その方法を聞いてみたいような、恐ろしいような……。

「日付は三日後で、妻も連れてくるように言われている」

こっそり敷地内に忍び込む予定だったが、私の同行も許可されていたらしい。

「そして神月の妻が瀬那の母か調べる手段だが、蓮見家の当主の手を借りたい」

「お父様の？」

「ああ、そうだ。瀬那の母の顔を知る、唯一の男だからな」

神月の敷地内にこっそり忍び込む役は私ではなく、父のほうだった。

「明日、蓮見家に行って、頼もうと思っている」

「父は応じてくれるでしょうか？」

「弱みを握っているから、それをちらつかせたらどうにかなろう」

腹黒い父の弱い側面を知っているだなんて、さすが夫だ。とてつもなく頼りになる。

そんなわけで、翌日は蓮見家を訪問することとなった。

従弟《いとこ》の奏太《そうた》へのお土産《みやげ》として、果報団子《かほうだんご》を作った。

果報団子というのは、米粉を練《ね》ったものに小豆《あずき》のあんを入れて包んだお団子である。

毎年、年末になると、蓮見家はこの果報団子を食べていたのだ。

果報団子は地域によって食べ方が異なるようで、善哉《ぜんざい》や粥《かゆ》に米粉の団子に入ったものだったり、けんちん汁だったり、さまざまな果報団子があるようだ。

そんな果報団子の中のひとつには、萩《はぎ》の木片が包まれており、それを当てた者には果報が訪れるという謂《いわ》れがある。

話に聞いたときは、食べ物の中に木片を入れるなんて、と思った。

けれども果報団子は皆が皆、木片が混入されているかもしれないとわかっていて食べるので、危険はないと言う。

ただ、幼い子に食べさせるのは心配だ。

奏太も六つになるまで、食べさせてもらえなかったと話していた。

蓮見家へ向かう馬車に揺られながら、果報団子について夫に説明する。

「毎年奏太が楽しみにしていて、作ってしまいました」

「きっと喜ぶだろう」

実家への土産には、夫が老舗菓子司《しにせかしつかさ》の栗羊羹《くりようかん》を準備してくれたらしい。

甘党の父は大喜びするだろう。

まず、夫は〝花むしろ〟のほうへ顔を出すように言ってくれた。すでに御者に伝えていたらしく、向かっているようだ。

料亭〝花むしろ〟の前に馬車が停まると、邏卒《らそつ》が並んでいるのが見えた。

相変わらず、警備というか監視を行っているようだ。

馬車から降りてぺこりと挨拶《あいさつ》すると、敬礼を返してくれた。

裏口から中へと入り、厨房《ちゆうぼう》のほうへ向かう。

井戸からバシャバシャと水の音が聞こえてきた。覗《のぞ》き込むと、奏太が洗い物をしていた。

「奏太！」

「瀬那姉ちゃん!!」

奏太は私に気付くと、表情をパーッと明るくさせながら走ってきた。

濡れた手を前掛けで拭《ぬぐ》い、抱きついてくる。

「久しぶり、元気だった！」

「ええ、おかげさまで。奏太、あなたも元気いっぱいね」

「もちろん」

ただ、洗い物をしていたので、手が真っ赤だった。

そんな奏太の手を両手で包み込むように握り、温めてあげる。

「わっ、瀬那姉ちゃん、おれの手、冷やっこいよ」

「平気よ。水が冷たくって、大変でしょう？」

「それが下《した》っ端《ぱ》の仕事だからな！」

ここで、奏太は夫の存在に気付いたらしい。

「あ！　祁答院サマ、ようこそいらっしゃいました！」

使い慣れていない敬語はたどたどしく、夫は笑っていた。それで奏太の緊張も解《ほぐ》れたようだ。

「祁答院など、他人行儀《たにんぎょうぎ》な呼び方は止めてくれ。瀬那のように、気安く呼んでほしい。敬語も必要ない」

「じゃあ、伊月兄ちゃん？」

奏太の口を塞《ふさ》ごうとしたものの、遅かった。

恐る恐る夫のほうを見ると、淡く微笑《ほほえ》んでいるではないか。

「ああ、それでいい」

伊月兄ちゃんという呼び方で問題ないようだ。奏太と一緒に、ホッと胸をなで下ろす。

「瀬那姉ちゃん、今日はどうしたの？」

「お父様に用事があって」

「あー、そうなんだ。ご当主サマ、最近ご機嫌がよろしくないから、気を付けてね」

「ええ、ありがとう」

〝花むしろ〟に邏卒がいる件と、朝子の離婚で父は余裕がなくなっているに違いない。

そういう状態の父に会いたくなかったが、今は緊急事態である。

今日は夫がいるので、酷い八つ当たりはできないだろう。

管狐《くだぎつね》に先触れを託したが、父は果たしてどのような反応を示すものか。

父のもとへ向かう前に、奏太に果報団子を渡しておく。

「奏太、これ、果報団子。今年もこしらえたから、みんなで食べて」

「うわ!!　瀬那姉ちゃんの果報団子、二度と口にできないって思っていたのに!!」

奏太は果報団子を受け取ると、跳び上がって喜んでくれた。

ここ最近、お正月の準備でバタバタしていたのだが、暇を見つけて作ってよかった。

「瀬那姉ちゃん、ありがとう」

「いえいえ」

きっと奏太と年内に会うのは今日が最後だろう。そう思って挨拶する。

「奏太、よいお年を」

「瀬那姉ちゃんも！　あ、伊月兄ちゃんも、よいお年を！」

奏太の言葉に、夫はほっこりしているようだった。仲良くできそうで、ホッとした。

ほのぼのとしたやりとりを愛《め》でている場合ではない。父のもとへと行かなければ。

後ろ髪を引かれる思いで奏太と別れ、蓮見家の本邸へと向かう。

歩いて五分で到着した。

私と夫が来ることは、使用人達は把握《はあく》していたようで、丁重な出迎えを受けた。

「祁答院様、瀬那様、旦那様《だんなさま》がお待ちです」

「ええ、ありがとう」

父と会うのは久しぶりなので、妙にドキドキしてしまう。

そんな私の緊張が夫に伝わったのか、大丈夫だとばかりに肩をぽんぽん叩いてくれた。

客間の襖《ふすま》が開かれる。

父は険しい表情で私達を待ち構えていた。

「よく来た。座れ」

まったく歓迎していないような声色で、父は私達に座布団を勧める。

シーンと静まり返り、気まずい空気の中、お茶が運ばれてきた。

茶菓子はお土産にと渡した栗羊羹である。

先に口を開いたのは、夫だった。

「急な訪問、失礼した」

それに対し、父は眉間《みけん》の皺《しわ》を深めつつ「気にしないでほしい」と返す。

「今日は、お義父様《とうさま》に相談があって、はるばるやってきた」

初めて義父と呼ばれた父は、なんとも言えない表情を浮かべる。どんな気持ちがこみ上げたのか、聞いてみたかったが、あいにくそのような雰囲気《ふんいき》ではない。

「相談というのは？」

「瀬那の母親らしき女性を発見した。それで、お義父様に本物かどうか見ていただきたい」

「なっ――!?」

かつての愛人の顔を確認して、と頼んだのだ。父が驚くのも無理はない。

「瀬那の母親の名は、神月瀬津子で間違いないだろうか？」

父は神妙な面持《おもも》ちで頷《うなず》いた。

帝都警察の神月が名乗っていたのは、母の家名だったようだ。

母の名は以前、夫から聞かされていたものの、父が認めると、本当だったのだな、と改めて思ってしまう。

「同姓同名であるのならば、間違いようがないのでは？　この私がわざわざ確認する必要もないかと」

「相手は妖狐《ようこ》かもしれない女性だ。変化《へんげ》の術で神月瀬津子に化けている可能性もある」

父ほどの者ならば、化けた姿かそうでないか見抜けるだろう、と夫は言い切る。

それに関しては、父も言われて悪い気はしなかったようだ。

「明日、神月家で食事をする予定なのだが――」

「まさか、私にも同行するように言っているのか!?」

「いいえ、お義父様は神月家に忍び込み、神月瀬津子かどうか、確認していただきたい」

想定外の任務に、父は一瞬白目を剝《む》いたのを私は見逃さなかった。

「この私が、他人の家に忍び込み、中の様子を盗み見なければならないだと!?」

「ええ。頼みます」

「なぜ私が、このような行為をしなければならない!!」

父がそう口にした瞬間、夫が懐《ふところ》から一通の封筒を差し出す。

先ほど夫が話していた、例の弱みだろうか。

封筒の中には写真が入っていたようで、それを見た父は目を剝いた。

「こ、これは——!? ど、どど、どうしてお前が持っている!?」

「記者が記事にしようとしていたものを、何かに使えるかもと思って買い取った」

父は写真をちぎって火鉢《ひばち》の中へ突っ込んだが、夫は無表情で懐を探る。

中から出てきたのは、数十枚の同じ写真である。

親切にも夫は、表が見えるように机に広げて見せた。

そこに映されていたのは、十五、六歳くらいの娘三人と、四十歳くらいの女性と共に歩く父の様子である。場所は百貨店だろうか。

写真の中の父はこれまで見せたことがない、満面の笑みを浮かべていた。

「お、お父様、こちらの女性達はいったいどなたなのですか?」

私の問いかけを父は無視していたものの、夫のほうが答えてくれた。

「瀬那、これは父君の内縁の妻と、子ども達だ」

「なっ——!」

長女はあきらかに、朝子と同じくらいの年齢である。

「朝子の母親が生きている時代から、内縁の妻と子ども達がいた、ということなのですか?」

「そのようだ」

父が帝都警察に目を付けられたとき、記者がつけ回っていたようだが、罪の代わりに父の秘密を発見してしまったらしい。

「ただ、内縁の妻がいるだけならばさほど話題にならなかっただろうが、帝都警察が料亭〝花むしろ〟の営業停止命令をしたばかりだったので、記者は記事を大きく扱おうと考えていたらしい。私がこの記事を買い取らなかったら、いったいどうなっていたものか……」

事件の疑惑に加え、不貞《ふてい》を働いていた。料亭〝花むしろ〟の評判は地に落ちていたことだろう。

「大金と引き換えに、陰画《ネガ》ごと買い取った。これが世に出る心配はない」

夫は今一度、父に問いかける。

「それで、協力してくれるだろうか？」

父は顔を引きつらせながら、夫の言葉に頷いたのだった。

なんというか、父よりも夫のほうが何枚も上手だったわけである。こういう弱みを握られているとは、父は気付いてもいなかっただろう。

父の協力を得ることができた。あとは当日、母が本人かどうか確認するばかりである。

ホッとしたのも束《つか》の間《ま》だった。

襖が勢いよく広げられ、朝子が客間に押し入ってきたのだ。

「瀬那！　あなた、どういう顔をして蓮見家の敷居を跨《また》いだのよ！」

朝子がずんずんと私のもとへ接近しようとしたが、夫が腕を広げて制する。

「伊月様、退いてください。背後に隠したその女は、とんでもない性悪女《しょうわるおんな》なんです」

「その言葉、そっくりそのまま返す」

冷静に言い返され、朝子の顔は真っ赤に染まった。

「なっ――も、もしや、瀬那が私についての悪口を、伊月様に吹聴《ふいちょう》されていたのでは？　私はまったく悪くありません」

「いや、性悪か否《いな》か判断したのは、私の目から見たお前を判断したものだ。瀬那はまったく関係ない」

正真正銘《しょうしんしょうめい》、本物の性悪女だと真っ正面から指摘され、さすがの朝子も言葉に詰まっているようだった。

「あの、私、瀬那とふたりっきりで話したいんです。少し彼女をお借りしてもいいでしょうか？」

「許さん。何か言いたいことがあるのならば、この場で申せ」

「し、しかし」

「申すのだ」

朝子はもじもじしながら、私への用件を口にした。

「あの、私が寅之介と離婚したのは、瀬那のせいなんです。あの子が寅之介に悪口を言って、離婚するように仕向けたようで、私はまったく悪くありません。離婚させた罪について、瀬那に責任を問いたくて」

「離婚は寅之介自身が熱望していたことだ。勝手に瀬那のせいにするな」

「しかし！」

「わからない者には、強制的に〝わからせる〟こともできるが？」

夫はジロリと朝子を睨《にら》み、おどろおどろしく問いかける。

朝子は涙目となり、人の姿を保っていられなくなった。

狐の姿に戻ってしまい、泣きながら客間を去っていく。

夫はそれだけで終わらず、父にも物申した。

「おい、蓮見。お前の娘、朝子は性根が腐りきっている。父親であるお前が、しっかり躾《しつ》けなかったせいだ。今でも遅くない。彼女を徹底的に教育するように」

「は、はい」

父の手は狐の手に戻り、変化が解けかけている。さすがの父も、怒った夫が恐ろしいようだ。

「内縁の妻や子にかまけている暇があったら、傍にいる娘も大事にしろ！」

「わ、わかりました」

夫は神月家の地図が書かれた紙と、食事会が始まる時間を指定したものを父に渡す。

「では、失礼する」

「お、お見送りを……」

「その前に、解けた変化をなんとかしておけ」

いつの間にか、父は完全な狐の姿になっていた。黒い毛並みには白髪《しらが》が交ざっていてボサボサだ。体はやせ細っていて、見ていて気の毒になる。

夫は父を客間に放置し、蓮見家をあとにしたのだった。

帰りの馬車で、夫は盛大なため息を吐く。

「伊月様、どうかなさったのですか？」

「いや、お前の家族を悪くいうのもなんだが、仕様もない奴らだ」

「それは同感です。私もそのように思っておりました」

夫がはっきり言葉にしてくれたので、なんだかスッキリする。

「父や朝子の鼻《はな》っ面《つら》を折ってくださり、心から感謝します。なんというか、言葉はとっても悪いのですが、〝ざまあみろ〟と思ってしまいました」

これまで父や朝子にバカにされても、言い返したら仕返しが怖かったので何も言えなかった。だから相手にしないようにして、ずっと我慢をしていたのだ。

父や朝子がこてんぱんに打ちのめされた姿を見て、喜んでしまうなんて、私もかなり性格が悪いのかもしれない。蓮見家の血が流れている証拠だろう。

「すみません、汚い言葉を使ってしまって」

「いいや、私も〝ざまあみろ〟と思った」

夫が一生使うべきでない言葉を言わせてしまった。申し訳ないと思いつつも、なんだか嬉しかった。

私と夫は笑い合い、清々しい気持ちで帰宅したのだった。

第四章　妖狐夫人は最期を看取る

　ついに、神月家《こうづき》に行く日となった。

　夫は毛戸逸《けどいつ》という名で帝都警察に潜入していた。

　妻である私は、毛戸瀬那《せな》、と名乗ることに決まった。

　私の名も偽名のほうがいいのではないか、と思ったのだが、夫は神月瀬津子《せつこ》の反応を見たいと言う。

　父曰《いわ》く、瀬那という名は、母が付けたようだ。もしかしたら、瀬那と名乗ったら動揺《どうよう》するかもしれない。その辺を探りたいようだ。

　平民の夫婦に見えるよう、着物まで用意していた。

　生地が薄くてごわごわした手触りの仕立てが甘い着物は、長年着ていたものに似ていて、妙にしっくりする。

　一方、夫は庶民《しょみん》の着物がまったく似合っていなかった。邏卒《らそつ》の制服のほうがいいのでは、と思ったものの、それだと私のほうが浮いてしまうのかもしれない。

早くこのような着物を脱がせて、仕立てのいい服を着ていただきたい。

そのためには、一刻も早く事件を解決に導かなければならないのだろう。

伊万里《いまり》や那々《なな》、八咫烏《やたがらす》や虫明《むしあげ》の見送りを受け、出発する。

楽しいお正月を迎えるため、年内最後の頑張りだ。そう、自らに言い聞かせる。

「では瀬那、行こうか」

「はい、逸さん」

平民の妻は夫を呼ぶときに〝様〟を付けない、と夫から演技指導が入った。そのため、〝逸さん〟としたのだが、偽名なのに恥ずかしい。なんとか慣れようと何度も口にしてみたものの、成果は感じられなかった。

父とは現地で落ち合うようになっている。

「きちんと来るのか不安です」

「あれだけ脅《おど》しておいたのだから、胸に響いているだろう」

「それもそうですね」

神月家は帝都の中央街に位置する、旧武家屋敷だと言う。

住宅街に入ると、豪壮《ごうそう》とした屋敷が見えてきた。

「ここが神月家、なのですか？」

「ああ、思っていた以上に立派だな」

一等邏卒が維持できるような屋敷ではないだろうに。狐狗狸《こっくり》さんの集《つど》いで集めたお金でやりくりしているのだろうか。ついつい疑ってしまう。

門の前で馬車が停まり、下車する。私達を迎えたのは、四十代前後の女性だった。

「毛戸様、ようこそいらっしゃいました。私は神月の妻、瀬津子でございます」

頭を下げた女性――神月夫人は、狐狗狸さんの集いで狐の仮面を付けていた女性で間違いないだろう。

そして彼女が、私の母親かもしれないのだ。

目と目が合った瞬間、なんとも不思議な気分になる。初めて会った気がしなかった。

「あ、あなたは⁉」

神月夫人は目を大きく見開き、明らかに驚いているようだった。

夫がすかさず、紹介する。

「どうも初めまして。神月一等邏卒にはお世話になっております。部下の毛戸です。彼女は妻の〝瀬那〟と申します」

夫は私の名を強調し口にしていた。

神月夫人の手は震え、動揺《どうよう》が見て取れる。

そんなやりとりをする私達の前を、一匹の黒猫が通り過ぎた。

すぐにそれが、父が変化《へんげ》した猫だと気付く。

約束通り、神月夫人が母かどうか確認しに来てくれたのだろう。

私が猫を振り返ると、こくりと頷《うなず》いて見せた。

どうやら、神月夫人が母で間違いないようだ。

私が瀬那だとわかったあとの反応を見ても、明らかだろう。

「あなたが、瀬那——」

「神月夫人、妻が何か？」

「い、いいえ、なんでもありません。ど、どうぞ、中へ」

立派な門を潜り、屋敷へ誘われる。

庭も見事なもので、池には色鮮やかな鯉《こい》が泳ぎ、左右非対称な木々の植え込みは非常に上品かつ優美だ。

ただ、何か違和感を覚える。線香のような匂《にお》いが漂っているのも違和感を覚えた。庭をじっと見つめているとゾクッと寒くなり、目を逸《そ》らしてしまった。月のない夜だから、不気味に思えてしまったのだろうか。よくわからなかった。

屋敷の中は清潔に保たれていて、塵《ちり》の一粒でさえ落ちていない。

ただ、違和感があるのは、屋敷に使用人の姿が見えないこと。思わず質問してしまった。

「あの、こちらの屋敷は、奥様ひとりで管理されているのですか？」

神月夫人は振り返り、少し困ったような表情で言葉を返す。

「い、いえ、通いの使用人が数名おります。その、主人が人嫌いでして」

「そういうことだったのですね」

これだけの規模だ。ひとりで掃除《そうじ》なんかできるわけがない。

ただ、彼女の物言いには少し違和感を抱いた。

夫も同じようなことを思っているのか、屋敷の様子を観察し考え込むような仕草を見せている。

客間にはまだ誰もおらず、お茶が運ばれたあと、しばしゆっくりするように勧められた。

襖がぱたんと閉ざされ、神月夫人の足音が遠ざかっていく。

それを待っていたのか、父が窓枠《まどわく》にぴょこんと跳び乗ってきた。

開けてあげると、中へ入ってくる。

『あの女は、神月瀬津子で間違いない。面影《おもかげ》がかなりある。声や佇まいも当時のままだ』

愛らしい猫の姿なのに、声だけ父なので、まったくかわいくない。そんなことはさておいて。

「感謝する」

夫はそう言いつつ、父の顎《あご》の下を撫《な》でる。すると、ごろごろ喉《のど》を鳴らしていた。

私がごほん!!　と咳き込むと、父はハッとなって夫から距離を取る。

夫が懐《ふところ》から陰画《ネガ》を取り出す。報酬《ほうしゅう》として、用意していたようだ。

父は夫から奪うように陰画を口に銜《くわ》え、呪術《じゅじゅつ》で燃やしてしまった。

『任務完了だ。撤退《てったい》する』

踵《きびす》を返した父だったが、ぴたりと足を止め振り返る。

『この屋敷、なんだかおかしいな』

「それは私達も思っていたところだ」

『まあ、これ以上は知らんがな』

父は窓から去っていった。

「やはりここの屋敷は何かがおかしいようですね」

「ああ」

呪術か何かかかっているのか。だとしたら、不気味としか言いようがないのだが。

ドタドタと落ち着きのない足音が聞こえてくる。襖が勢いよく開かれ、体の大きな男が顔を覗《のぞ》かせた。

「毛戸、待たせたな!!」

「いいえ、今来たところです」

「そうか、そうか」

彼が夫の上司である神月拓男《たくお》のようだ。

背格好や歩き方から推測しても、狐狗狸さんの集いで山伏《やまぶし》の恰好《かっこう》をしていた男で間違いないだろう。

彼ら夫婦は姿を偽り、多くの人達を利用し、お金を集めていたのだ。

それ以外にも、いくつかの罪の疑いがある。今日、それを暴くのだ。

「お前の細君は、思っていた以上に美しいな」

「ありがとうございます。妻の瀬那です」

「初めまして、瀬那と申します」

神月は私に手を差し伸べ、握手を求めてきた。

夫を見ると、にこやかに頷いてみせたのに、瞳は「触れさせるな!!」と訴えている。

どちらに従ったほうがいいのか悩んでいたら、襖が開かれた。神月夫人が、食事を持ってきてくれた。

神月の差し出された手には、ご飯が山盛りになった茶碗《ちゃわん》が置かれる。それを見て、ホッと胸をなで下ろした。

「あの、奥様、食事の準備をお手伝いしましょうか？」

「い、いいえ！　お客様にそのようなことを、していただくわけにはいきません」

「私、こう見えて、料亭で働いていたんです」

「そ、そうだったのですね。では、少しだけ、お手伝いをお願いできますか？」

「はい、わかりました」

神月夫人のあとをついていく。台所に行き着くと、背中を向けたまま動かなくなった。

「奥様？」

「あ――」

顔を覗き込んだ瞬間、神月夫人は涙を流した。

「ご、ごめんなさい！」

「いえ、大丈夫ですか？」

「そうじゃないんです！」

神月夫人は私の肩を摑《つか》んで、訴えるように謝罪の言葉を口にした。

「本当に、ごめんなさい」

「あの、なんの謝罪なのか――」

神月夫人は私の言葉を遮《さえぎ》るように叫んだ。

「私は、あなたの母親なんです!!」

わかっていた。わかっていたのに、いざ、本人の口から聞いてしまうと衝撃を受ける。

くらり、と目眩《めまい》を覚えたものの、ここで倒れるわけにはいかない。

壁に寄っかかろうと思ったら、神月夫人が私の肩に触れ、支えてくれる。

「大丈夫ですか？　顔色が悪いようだけれど」

「いえ……その、申し訳ありません。お水を一杯いただけますか？」

「ここに湯冷ましがありますので、どうぞ」

水を飲んだら、少し落ち着いた。

そんな私を見て、神月夫人は罪を打ち明けるように語り始める。

「あなたのことを、見捨てたくなかった。けれども、脅《おど》されていたんです」

「父に、ですか？」

神月夫人は首を横に振る。

「いったい誰に？」

「い、言えません」

神月夫人は何者かに脅され、私を捨てざるを得なかった、というわけだった。

どうやら神月夫人は、何か事情を抱えていたようだ。

「長く話していたら、主人が怪しむと思います。瀬那さん、また後日、お話しできますか？」

「え、ええ、もちろん」

「よかった」

安堵《あんど》するような神月夫人の表情は、嘘を吐いているようには見えない。

本当に、私を捨てるつもりではなかったのか。まだ信じることはできないが、彼女の話をもっと聞きたい。そう思ってしまった。

昨日のうちから仕込んでいたという料理は、ごちそうと言っても過言ではない。

アナゴの昆布巻き、レンコンの甘酢漬けに、高野豆腐の含め煮、カレイの煮付け、タイのお造りに蛤《はまぐり》のお吸い物——神月夫人の料理の腕は、なかなかのものだった。

盛り付けも見事で、ついつい褒《ほ》めてしまった。

「お料理上手《じょうず》なんですね」

「料亭〝花《はな》むしろ〟で働いていた頃は、料理人だったんです」

「あ……そう、でしたか」

神月夫人は父の愛人だったが、もともとは〝花むしろ〟で働く従業員だったようだ。父に見初《みそ》められなければ、今も彼女は働いていたのだろうか。その場合、私がこの世に存在しないことになるが。

料理を盛り付け、盆に載せていく。

そういえば、夫は大丈夫だろうか。もともと、相性がいい相手ではなかったようだが。お茶とお菓子を囲んだだけ状態で、場が保つのか。心配しながら料理を運ぶ。

夫と神月は——思いのほか、和《なご》やかに会話していた。ホッと胸をなで下ろす。

「おお、やっと料理のお出ましか。妻は昔料亭で働いていて、料理が得意なんだ。存分に味わってほしい」

神月は酒を飲まないようで、少し意外だ。こういう席では、お酒をどんどん飲ませるものだと思っていたのだが。

神月夫人の料理はどれもすばらしく、どこか懐かしい味がする。そう感じてしまうのは、彼女が〝花むしろ〟の料理人だったからなのかもしれない。

神月は話に聞いていたような嫌みな人物ではなく、機知に富んだ会話で場を盛り上げてくれる。好意を寄せる者には、よき人物なのだろう。

そろそろお開きか、というところで、神月から話があると切り出される。

改まって、いったい何なのか。

隣に座る神月夫人の表情は優れない。嫌な予感しかしなかった。

「これを、毛戸に託したい」

神月が机の下に置いてあったらしい大きな包みを取り出す。

「こちらはなんですか？」

夫の問いかけに対し、神月は「自分で確認するように」、と返した。

風呂敷を開くと、邏卒《らそつ》の制服一式が出てきた。胸には三等邏卒の階級章と、新田守《にったまもる》と書かれた名札がかかっていた。

新田守というのは、先日開催された狐狗狸《こっくり》さんの集《つど》いで途中退場した挙げ句、拘束《こうそく》され、ケガを負った状態で帝都警察の独房で発見された。現在、彼は夫が保護し、ケガの治療を行っている。

独房には新田がいるように見える幻術を夫が施《ほどこ》しているため、すでに本人はそこにはいないのだ。

「毛戸、それが何かわかるか？」

「行方《ゆくえ》不明になっている、新田守三等邏卒の制服一式、です」

「そうだ」

「これをどうしろというのですか？」

「処分してきてほしい」

なぜ、夫に処分を命令するのか。意図が謎であった。

「どうして私が、このような行為をしなければならないのですか？」

「お前の忠誠心を試そうと思って」

神月はにやり、と笑いながら夫を見つめていた。

「新田は困った奴でな。捜査情報を隠蔽《いんぺい》しただけでなく、勝手に処分していたようなんだ。俺が奴を問い詰めたら、血相を変えて逃げていった」

嘘だ。捜査情報を隠蔽したのは新田ではなく、神月である。自分の罪をなすりつけようとしているみたいだ。

「新田を探すために人員を割《さ》いたが発見できず、今に至る。このままでは、奴が罪から逃げるように姿を消したことになる。それは帝都警察にとって、汚点になるだろう」

新田は退職届を提出し、帝都警察には私物は何もない、という状態にしたい。

そのためには、部署に置かれていた制服を処分しておく必要がある。

「ただ、それをひとりで判断し、実行するには良心の呵責《かしやく》に苛《さいな》まれてしまう。そこで俺が新田の退職届を書くから、お前はその制服を処分するようにして、役割を分担したい。

こういうのは、俺がもっとも信用を置いている、毛戸にしか頼めないんだ」

これが神月の手口なのか、と話を聞きながら思った。

おそらく彼は言いなりになりそうな部下を家に招き、おいしい食事を食べさせたあと、悪事の片棒を担《かつ》がせるための話を持ちかけていたのだろう。

もしもバレそうになったときは、すべて部下のせいにする。それが常套《じょうとう》手段だったに違いない。

神月は昔話に登場する悪代官みたいな底意地悪い笑みを浮かべつつ、協力したさいに夫が手にする報酬《ほうしゅう》について口にした。

「毛戸がこの件を引き受けてくれるのであれば、昇格を約束しよう。偉くなったら、奥方にもいい思いをさせられるぞ。なあ、瀬津子！」

「え、ええ」

神月夫人は神月と目も合わせず、気まずげな様子でいた。

おそらく彼女は神月の悪行を傍で見ていたのだが、何も言えなかったのだろう。

ただただ目を伏せ、この時間が早く終わるように祈っているようにさえ見えてしまった。

夫はどうでるのか。

依然として、困惑の表情でいた。普段の夫が絶対に見せないような表情である。とてつもない演技力だ、と間近で見ながら感じてしまった。

夫は悪事に荷担し、さらなる情報を探るのだろう。そう思っていたが、私の読みは見事に外れる。

「あの……お断りをします」

拒否されるとは想定していなかったのだろう。神月は般若《はんにゃ》のような怒りの感情を顔で示す。しかしそれは一瞬で、すぐに笑みを浮かべた。

「そうか。それは残念だ」

神月は穏やかな声で言葉を返す。あっさり引き下がったのが、逆に不気味だった。

「もう遅い。今晩は泊まっていくといい」

「いえ、明日も仕事ですので」

「遠慮《えんりょ》するな。皆、一泊していっているぞ」

夫は心配げな表情で私を見る。どうしようかという演技なのだろうが、私に向けた瞳には「泊まって調査する」と訴えているように見えた。

「逸さん、せっかくですから、好意に甘えましょう」

「ああ、そうだな」

夫は一晩世話になりますと、深々と頭を下げたのだった。

その後、神月夫人が客間に布団を用意してくれたと言う。これ以上お手をわずらわせないため、もう眠ると宣言し、灯りを落としてもらった。

夫と共に横になる。ふかふかとした新品の布団のようだったが、他人の家というのはどうにも落ち着かない。

神月夫人の足音が遠ざかったのを確認し、夫へ話しかける。

「あの、神月さんは私達にいったいどういうつもりで、一晩泊まっていくように言ったのでしょうか？」

「おそらくだが、私達夫婦を処分するためだろう」

「なっ！」

なんでもこれまで、神月と親しかった邏卒が数名、行方不明となっているらしい。

「今日みたいに悪事の片棒を担がせようとして、断った者達はこっそり処分していたに違いない」

神月に関係した者達が次々と行方不明になったら、周囲の者達は不審に思うかもしれない。けれども、疑問を感じて神月と接触してきた者達も、闇に葬《ほうむ》ったら問題は浮上しなくなる。おそらくそういう巧妙な手段を使っていたに違いない。

「この屋敷には、おかしな場所に札が貼られていた」

机の裏や、座布団の裏、盆の底や天井など、普通であれば目につかない箇所《かしょ》にあったらしい。夫は神月に不審がられないよう、警戒しつつ調べたようだ。

札は家内安全や結界の札ではなく、呪術《じゆじゆつ》を展開させるための物だったらしい。

「あとは――」

締められた襖の隙間《すきま》から、一匹の管狐《くだぎつね》が入ってくる。身振り手振りとかわいい鳴き声で、夫に何か報告しているようだった。

「なるほど、そうか」

報告が終わったようで、管狐はぺこりと会釈《えしやく》し、夫が持つ管の中へ戻っていった。

「あの、何かわかったのですか？」

「山伏《やまぶし》の法衣や錫杖《しやくじよう》、法螺貝《ほらがい》を神月の部屋で見つけてきたらしい」

狐狗狸さんの集いに参加していたのが神月である、という証拠を管狐に探させていたという。

「神月夫人の部屋では、狐の仮面や怪しい占い道具などを発見したと言っていた」

どうやら神月夫妻が、狐狗狸さんの集いを開いていたことに間違いはないようだ。

「これだけわかったらもう充分だ」

突然、夫はこれから家に帰ると言う。

「そろそろ潮時だろう」

夫は人の形に切った和紙を二枚、懐《ふところ》から取り出す。それを、枕の上に置いた。

布団から離れ、呪文を唱えると、ただの紙が私と夫が眠る姿に変化する。

「私達がここにいると神月夫妻が信じる限り、人形《ひとがた》がそれらしい幻影を見せてくれるだろう」

夫が帝都警察の独房で、新田に見立てている存在《もの》と同じ呪術らしい。

これ以上ここにいるのは危険なので、撤退《てったい》するようだ。

「狐の姿に戻って、走って帰るほうが早いな。瀬那は私の背中に跨《また》がれ」

「そ、そんな。伊月様の背中に乗るなんて――あら？」

外から妙な物音がする。カリカリカリ、と雨戸を引っ掻《か》くような音が聞こえていた。

「これは」

夫が私を背後に回した瞬間、ドン！　という大きな音と共に、雨戸が破壊される。

『おおおお、おおおおおお!!』

絶叫と共に客間に飛び込んできたのは、帝都警察の制服に身を包んだ邏卒であった。

いったいなぜ、ここに邏卒が？

そう思ったものの、様子が普通ではなかった。

ムッと押し寄せる腐臭《ふしゅう》、そして邪悪な気配。

邏卒は顔の肉が剝《は》がれ落ち、骨が見えていた。目玉は飛び出し、舌はだらんと垂れている。まるで、死体が意思を持って動いているようだった。

「趣味が悪いことをする!!」

夫はそう言い捨て、床《とこ》の間《ま》に飾ってあった刀を手に取り、抜刀《ばっとう》する。鞘《さや》をその場に捨て、邏卒に斬りかかった。

首を落とされると、邏卒はあっさり動かなくなる。

「瀬那、ケガはないか?」

「え、ええ……。伊月様は?」

「問題ない」

夫は邏卒の制服を確認すると、ハッとなる。

「これは、行方不明になっていた者だ」

名前に見覚えがあったらしい。神月が刃向かう者を処分し、庭に埋めていたのだろう。

庭に違和感を覚えていたのは、たくさんの死体があったからだ。漂っていた線香の匂《にお》いは、腐臭を誤魔化《ごまか》すためのものだったのだろう。

夫はため息交じりで、動かなくなった邏卒を見つめていた。

「亡骸《なきがら》をこのように利用するなど、悪逆極まりない」

すぐに脱出し、御上《おかみ》に報告したほうがいい。そう口にした途端、新たな邏卒が姿を現す。

『ぐおおおおおお！』

夫は首を切り捨てる。そうこうしているうちに、次々と邏卒達が押し寄せてきた。

「いったい何人もの邏卒を庭に埋めていたんだ!?」

刀で斬りつけるだけでは追いつかず、夫は呪符を用いて邏卒の動きを封じる。

私は夫の足手まといにならないよう、床の間の上に上がって縮こまっていたのだが、突然、廊下《ろうか》側の襖が開いた。

『ぎゃあああああ!!』

外からだけでなく、屋敷の中からも邏卒が襲いかかってきた。なぜか私のほうへ一目散に駆け寄ってくる。

「瀬那!!」

夫の周囲には大勢の邏卒達が囲んでいた。

自分の身は自分でどうにかしないといけない。そう思った瞬間、夫から預かっていた上位の管狐の存在を思い出す。何かあったときのために、と肌身離さず持ち歩いていたのだ。

帯から銀の管を引き抜き叫んだ。

「管狐、助けて！」

「キュ！」

管から美しい銀色の狐が顔を出し、鎌のような手で首を切り落とした。すると、邏卒の体は力なくその場に倒れ込む。

夫が駆け寄り、邏卒から私を守るように刀を構えた。

外と廊下、両方から邏卒が押し寄せてくる。斬っても斬ってもキリがない。

そんな状況で、ゾクッと寒気を感じる。振り返った先には、掛け軸しかなかった。

何かがおかしい。そう思って掛け軸を外すと、そこには一枚のお札が貼られていた。

血で呪文を描いたようなお札は、怪しく光っていた。

「い、伊月様、何か、お札がございます」

夫は管狐に命令し、邏卒の相手をさせる。その隙《すき》に振り返った。

「これは⁉」

夫はすぐさま呪符を重ねて貼り、お札を燃やしていた。

すると、部屋全体が大きく揺れ——周囲の景色がガラリと変わった。

「え、嘘……⁉」

一瞬のうちに、畳《たたみ》はボロボロになり、布団は枯れ葉になる。手入れが行き届いていたように見えた屋敷は、瞬きをする間に朽《く》ちてしまった。

「どうやらこの屋敷は、呪術で見た目を誤魔化していたようだな」

「すべては幻だった、というわけですか？」

「おそらく」

もともと、雨戸と言えるような戸はなかったようだ。邏卒が壊した音でさえ、幻聴だと夫は言う。

先ほど夫が見せてくれた人形で作った幻影よりも、高い呪力が必要らしい。

「いったい誰がこんなことをしたのでしょうか？」

「神月瀬津子に間違いないだろう。この幻影は、妖狐《ようこ》が扱う変化《へんげ》の術を、さらに応用させたものだ」

自分自身だけでなく、屋敷全体も変化させ、形を偽るものだと夫は説明してくれた。

「瀬那の母親は、妖狐の中でもかなりの実力者に違いない」

警戒するように、と言われてしまったが、あの女性《ひと》が悪行を企《たくら》んでいるようには思えなかった。

「神月夫妻のもとへ行く」

「行って、どうなさるおつもりですか？」

「御上のもとへ連れていって、罪を暴かせる」

管狐が最後のひとりを倒した。客間には人々の死体が折り重なり、とんでもない状態になっている。

夫は私の腕を引き、立ち上がらせた。

「瀬那、私の傍から絶対に離れるな」

管狐には、引き続き私の護衛をするよう命じていた。『キュウ！』とかわいらしく返事をした管狐は、私の首に巻きついて待機してくれる。

夫に手を引かれながら、神月夫妻の寝室を目指した。

屋敷の中はすっかり様変わりしていた。先ほどまで黒光りしていた床は、ギシギシと軋《きし》んだような音を鳴らしている。

一歩、一歩と歩みを進めるたびに、天井から砂のようなものがサラサラと零《こぼ》れてきた。

「ここは一家凋落《ちょうらく》の目に遭《あ》った、旧帖尾《ちょうお》邸だ」

その名前は聞き覚えがある。

「たしか帖尾家というのは、この国が帝国になる前は武家として名を馳《は》せ、最後の将軍にお仕えしていた一族……ですよね？」

「ああ、間違いない」

夫はここの屋敷についても調査していたようだ。

帖尾家は帝国になってからは士族の位を賜《たまわ》ったものの、とある事件で失脚。現在は没落し、地方で慎《つつ》ましく暮らしているという。

「よく知っていたな」

「ええ。私が子どもの頃、帖尾さんという常連さんがいらっしゃって、毎晩のように大盤振る舞いをしていたようなんです。それがぱったりと止まって、どうしたのかと思ったら、着服《ちゃくふく》や収賄《しゅうわい》罪で告発されて、地位と立場を没収された、なんて事件を聞いていたものですから」

当主の失脚により屋敷を保てなくなったか、没収されて長年放置されていたのか。

管理されていなかった屋敷を、神月が勝手に乗っ取っていたのだろう。

死体を埋めているので修繕《しゅうぜん》させるわけにもいかず、変化の術で立派な屋敷に見せていたというわけだ。

夫は襖という襖を開きながら先へと進む。部屋の中に邏卒《らそつ》が潜伏していて、襲いかかってきた。そのたびに夫は邏卒に呪符を貼り付け、動きを止めていた。

「この死体を操る術はなんなのですか？　陰陽師《おんみょうじ》の呪術《じゅじゅつ》ではありませんよね？」

「ああ、陰陽術ではない。これは、呪禁師《じゅごんし》が用いる魘魅《えんみ》に違いないだろう」

それは人の形に似せたものに、魂を宿らせ、呪いの力とする呪術だという。

「先ほど私が幻影を見せるのに使ったものも、魘魅に近い」

通常、魘魅というのは人の悪い気を人形に移して祓《はら》ったり、死した人を思って人形を作って川に流し成仏《じょうぶつ》を祈ったり、と人々に救いの手を差し伸べるような用途が多かった。

しかしながら〝丑《うし》の刻参《こくまい》り〟や〝藁人形《わらにんぎょう》〟など、他人を呪うための手段が広く伝わってしまったらしい。

「呪禁師はもともと宮廷が抱える医者のような存在だった」

かつて、病気というのは呪いの一種だと考えられ、呪禁師が祓って治していたらしい。

その昔、御上は呪禁師を傍に置いていたようだが、呪いを誘発できる魘魅や虫を使った呪術である蠱毒《こどく》を不気味に思うようになる。御上はしだいに陰陽師を頼り、呪禁師は重宝されなくなったようだ。

「呪禁師が用いる魘魅なども陰陽師が引き継ぐようになり、時代が進むにつれて姿を消していった」

陰陽師は魘魅で人を呪うような行為は道理から外れた邪《よこしま》な道だと考え、使うことはしないと言う。

つまり、このような呪術を使うのは呪禁師しかいない。けれども現代で、呪禁師というものは存在しないはずだった。

夫が襖を開くと、ふた組の布団が敷かれていた。ただ、横たわっているのはひとりだけ。

もう片方はもぬけの殻《から》だった。

「あそこで寝ているのは神月夫人か？」

夫が廊下《ろうか》から声をかける。

「神月夫人、夫君はどこに行った？」

「……」

返事がない。深く眠っているのか。

夫は管狐《くだぎつね》が入った管を取り出し、様子を見に行くように命じた。

神月夫人のもとへ飛んでいった管狐は顔を覗《のぞ》きこんだ途端、慌てた様子で戻ってくる。

夫の指先にしがみつき、ガタガタと震えていた。

「どうした？」

「キュウウウン!!」

「なんだと？」

管狐の言葉は主人である夫にしかわからない。いったい何を見たというのか。

夫は私を振り返り、説明しようとしてくれたのだが――。

「瀬那、神月夫人は」

「い、伊月様！」

神月夫人が突然むくりと起き上がり、大量の血を吐き出す。

「なっ⁉」

駆け寄ろうとしたが、夫に止められてしまった。

「瀬那、待て。神月夫人は普通の状態ではない」

「え？」

神月夫人の閉ざされていた目が、開かれる。

白目が黒くなり、瞳が赤く染まっていた。

「神月夫人の身には、神──〝夜叉《やしゃ》〟が降ろされた状態だ」

夜叉、それは残酷《ざんこく》であくどい鬼神である。

神月夫人が顔を上げると、にっ、と口元が弧を描いたように微笑《ほほえ》む。

『破滅《はめつ》、衰亡《すいぼう》、絶滅《ぜつめつ》‼』

それは〝悪言霊《あくことだま》〟という、口にすれば実現する呪いだった。

発せられた言葉が刃となり、襲いかかってくる。

「瀬那、あれを喰らうと、言葉のとおりになる。油断するな！」

敵は夜叉を降ろした神月夫人だけではなかった。廊下の前方と後方から、死した邏卒達が押し寄せてくる。

「瀬那を守れ!!」

夫はそう叫び、狐の形をしたお札を私のほうへ投げる。するとそのお札が人影に変わった。現れたのは、見知った顔の持ち主である。

「奥様、お下がりください！」

「私共が守護いたします！」

虫明とお萩《はぎ》が登場し、私を守るように前に立つ。

襲いくる邏卒に対し、青白い炎――狐火を操って戦っていた。

八咫烏《やたがらす》もやってきたようで、私の肩に留まる。

嘴《くちばし》に咥《くわ》えていたものを、差し出してきた。

「これは、天狗《てんぐ》の兄弟の羽団扇《はうちわ》!?」

それは八咫烏の抜けた羽根を使って作った、ヤツデの葉を模した団扇だ。

左右に振るとたくさんの客を招き、上下に振ると邪《じゃ》を祓うことができる。

いつの間にか、虫明とお萩だけでは対処できない数の邏卒達が集まってきていた。

羽団扇を上下に振って、邪悪なる存在《もの》を祓う。すると、邏卒達は力を失ったように、バタバタと倒れていった。

呪いの力で動く彼らにとって、羽団扇の力は有効だったようだ。

夫は神月夫人に接近しようと試みていたようだが、矢継《やつ》ぎ早《ばや》に攻撃が繰り出されており、難しい状況に思えた。

『廃絶《はいぜつ》、壊滅《かいめつ》、失陥《しっかん》、零落《れいらく》、禍患《かかん》、凶変《きょうへん》、奇禍《きか》!!』

次々と放たれる言葉の刃を、夫は回避していく。

ただ、それだけで精一杯のように見えた。

ついに、とっておきの一撃が放たれる。

『〝禍殃《かおう》〟』

それは〝厄《わざわい》〟という意味の漢字がふたつも重なった言葉である。

神月夫人の周囲に靄《もや》のような渦《うず》が生まれ、どんどん広がっていった。

禍殃の発動と共に、神月が寝室の奥から現れる。

手には法螺貝《ほらがい》と錫杖《しゃくじょう》を握り、狐狗狸《こっくり》さんの集いで見せた山伏《やまぶし》の恰好《かっこう》でいた。

「毛戸、それに触れたらお前の命はない！　無駄なあがきをせず、諦めることだ！」

夫は神月の宣言になど欠片《かけら》も動揺《どうよう》を見せず、冷静な様子で話しかける。

「その前に、ひとつ、質問に答えてほしい」

「偉そうに！　まあ、いい。冥土《めいど》の土産《みやげ》として、ひとつだけならば教えてやろう」

「では――神月夫人に、夜叉を降ろしたのはお前か？」

「いいや、夜叉を降ろしたのは妻だ。ただ、降ろし続けるよう命じたのは、俺だがな!!」

神月は自分の妻をも利用し、悪事に手を染めていたというわけだ。

「強制的に意識を乗っ取り、暴れ回るのは神降ろしでもなんでもない。ただの呪いだ」

「だったらどうした!?　もう、このような状態になれば、元には戻れまい！　この女もろとも、闇に葬《ほうむ》ってやるぞ！」

長年連れ添った妻に対する言葉ではない。

神月夫人は大量の血を吐いていた。ああいうふうに神を降ろすのは、体に負担がかかるのだろう。

「妻の力がなければ、お前に何ができる？」

「馬鹿を言うな！　この俺は誉《ほま》れ高き呪禁師！　有名な陰陽師よりも優れた存在なんだ！」

衝撃が走る。

邏卒達の命を奪い、死してなおその存在を冒瀆《ぼうとく》していたのは神月だった。

彼こそが、諸悪の根源で間違いないのだろう。絶対に許さない。

「なるほど、理解した。では、お前に用はない」

「は？　それはこっちの台詞《せりふ》──」

どん!!　と大きな炎が夫と神月夫人の間で爆《は》ぜた。

炎は畳《たたみ》と荒床を突き破り、床下へと落ちていった。畳は焦げ、焼けた臭《にお》いが部屋に充満する。

夫は印を結び、呪文を叫んだ。

「燃えん〝不動明王《ふどうみようおう》〟よ──悪《あ》しき神を灼《や》き尽くせ!!」

バチ、バチと炎が弾ける。

床下から火柱が立ち上り、神月夫人に襲いかかった。

「あ、あれは!?」

私の疑問に、虫明が答えてくれた。

「〝不動明王の生き霊返し〟でございます」

不動明王に祈願し、呪いに対抗する呪術《じゆじゆつ》らしい。呪いには呪いを、というわけなのか。

『あああああああああ!!』

神月夫人は不動明王の炎に灼かれ、悲鳴をあげる。

あれは夜叉のみを灼き尽くすもので、神月夫人に害はないらしい。

神月夫人は意識を失い、その場に倒れる。

「なっ⁉」

神月は信じがたい、という目で夫を見つめていた。

「お、お前、何者だ⁉ 不動明王を使役《しえき》するなんて、ただ者ではないな⁉」

「私は祁答院伊月。御上の命令で、帝都警察を探るように命じられた陰陽師だ」

「な、なんだと⁉」

「お前こそが諸悪の根源。滅せよ‼」

夫が神月を指差すと、不動明王の炎が襲いかかる。

「あああああ、ぐぎゃあああああああ‼」

あの炎は彼に壮絶な痛みを与えるだけのもので、命は奪わないという。

意識を失うまで、夫は不動明王の炎で神月を灼き続けた。

神月が倒れるのと同時に、神月夫人の意識が戻ったようだ。

「神月夫人‼」

急いで駆け寄り、上半身を起こしてあげる。

「大丈夫ですか？」

「あ……瀬那」

神月夫人は私と目が合うと、淡く微笑んだ。

「よかった……無事、だったのですね」

「ええ、ええ、この通り、どこにもケガはありません」

「そう」

神月夫人の口回りの血を拭《ぬぐ》い、お萩が持ってきてくれた水を飲ませようとした。けれども首を横に振り、必要ないと拒絶されてしまった。

「私は……あなたが生きてさえいてくれたら……よいと思っていました。母であると……名乗り出るつもりは……なかったのに」

神月夫人は私の頰《ほお》に手を伸ばし、そっと触れた。

その手がとても冷たくて驚く。

「神月夫人、病院に行きましょう」

「いいえ……大丈夫。もう、長くはないでしょうから」

なんでも神月夫人は長年、夜叉を体に宿した状態だったらしい。いつ命を落としてもおかしくないような状況だったのだとか。

「どうして、あの男のために、そこまでしたのですか？」

「それは……蓮見《はすみ》家を……守る、ため……」

「え？」

話は私が生まれる直前までに遡《さかのぼ》る。

神月は客として料亭〝花むしろ〟にやってきた。呪禁師《じゅごんし》である彼は、父を妖狐《ようこ》だと見抜き、御上に密告しようと企《たくら》んでいた。

「彼の計画に私は気付いて……見逃すよう、説得しました……」

神月はとにかくお金が欲しかった。ならば、と神月夫人はこれまで貯めていたお金を彼に渡したらしい。

だんだん調子に乗った彼は、神月夫人を脅《おど》し、金品を奪うようになった。

最終的に世間に告発すると言い出す。困り果てた神月夫人は、より多くの利益をもたらす方法を伝授しようと神月を唆《そそのか》し、蓮見家から意識を逸《そ》らすことに成功した。

「そのあと、あなたを産んで……夫と共に、蓮見家から、去りました。あなたを連れていきたかった……。けれど、夫に悪用されるのではないか……心配で……」

蓮見家に残ったほうがいい。そう判断し、神月夫人は私を置いて出ていったという。

初めは地方の華族相手に、占いや厄払《やくばら》いをしながら稼《かせ》いでいたらしい。

そこそこの収入があったものの、神月は大金を得たいと望むようになった。

個人を相手にまっとうな商売をするよりも、大勢を相手に詐欺《さぎ》まがいの商売をしたほうが儲《もう》かる。それに気付いた神月は、神降ろしを利用した霊感商法を編み出した。

各地を転々とし、大金を得ていたようだが、五年前から帝都を拠点に活動するようになった。

神月夫人は蓮見家の秘密を握られていたため、神月のやることに従うしかなかった、と打ち明けた。

「ずっと……残していったあなたが……心配でした」

「私は――」

朝子に酷《ひど》い言葉をぶつけられたり、本妻にいじめられたりしたものの、〝花むしろ〟で働く人々は温かく、着る物にも食べる物にも困っていなかった。充分、満たされた感情の中で育っていた。

それから、夫と結婚もできた。祁答院家の屋敷に戻ったら温かく迎えてくれる人達もいる。鬼門《きもん》を通って訪れるあやかし達は皆、愛らしく、心優しい。

今、周囲には私を大切に思ってくれる存在がたくさんいた。

蓮見家にいなければ、今の暮らしは叶わなかっただろう。

「何度か……　〝花むしろ〟で働くあなたを……外から……眺めて……ました」

厨房《ちゆうぼう》の人達が「瀬那、瀬那」と呼ぶので、私だとわかっていたらしい。

街中で朝子《あさこ》を見かけ、驚いたのは、私だと思ったからだと言う。

まさか、顔がそっくりな腹違いの妹がいるとは思いもしていなかったのだろう。

「瀬那……あなたは今、幸せ……ですか？」

「ええ、とっても幸せです、〝お母さん〟」

勇気を振り絞《しぼ》って母と呼ぶと、神月夫人は真珠《しんじゅ》のような美しい涙を零《こぼ》した。

「だったら、よかった」

そう言って、神月夫人は涙を流しながら目を閉じる。

私の頬に触れていた手は、力なく落ちていった。

「お、お母さん!?　ねえ、お母さん!?」

夫がやってきて、神月夫人の脈拍を調べる。

「瀬那、神月夫人はもう――」

「そ、そんな！」

微笑《ほほえ》みながら、心地よさそうに眠るように、神月夫人は逝《い》った。

これからは自由になって、普通の生活が送れると思っていたのに。

ふいに彼女が口にしたお告げが、脳裏《のうり》を過《よぎ》る。

――あなたは将来、大切な人を失うだろう。

どうやらそれは、現実となってしまった。
母という存在に近付けたと思ったら、儚《はかな》くなってしまった。
悲しくて、悔《くや》しくて、切なくて、胸がぎゅっと締めつけられる。
夫に抱かれながら、涙が涸《か》れるまで泣いたのだった。

第五章　妖狐夫人は新年を迎える

神月《こうづき》はあのあと夫が御上《おかみ》の前に突き出し、後日、帝都警察に罪人として引き渡された。

邏卒《らそつ》の被害者の数はこの五年間で三十名以上にも及んでいたらしい。

その中の大半は天涯孤独の者だったり、独り暮らしをしていた者だったり、と行方《ゆくえ》不明になっても大きな問題になりにくい者達を選んでいたという。

呪われた妖狐《ようこ》の噂《うわさ》を流したのは神月自身だった。なんでも神月夫人がもう止めて自首しよう、と説得したことがきっかけだったらしい。

この先も犯罪に加担させるため、罪を蓮見《はすみ》家に押しつけようとしたのだとか。

蓮見家が窮地《きゅうち》に追い込まれると、神月夫人は従わざるをえなかったのだろう。

なんて卑劣《ひれつ》な手を使ってくれたのか。

そのせいで神月夫人――母は死んでしまった。

せっかく母に対する誤解が解けたというのに。もう二度と、母と会うことは叶わなくなってしまった。

神月について聴取を進めると、出生について意外な事実が判明した。彼の旧姓を調べたところ、帖尾《ちょうお》だと口にしたと言う。

神月は帖尾家の嫡男《ちゃくなん》だったのだ。

なんでも神月は帖尾家を継げるはずだったのに、父親が起こした事件のせいで何もかも失ってしまった。長年、恨みに思っていたようだ。

もともと帖尾家は呪禁師《じゅごんし》の一族であったが、御上が陰陽師《おんみょうじ》を重用《ちょうよう》したことにより失脚。その後、武家を名乗って将軍に仕え、返り咲いたものの、一家凋落《ちょうらく》の目に遭《あ》う。

神月は魘魅《えんみ》や蠱毒《こどく》を用いて、帝都で地位を得ることを計画していた。

そのためにはまず、御上の目に留まらないといけない。

決死の思いで調査を行って得たのは、蓮見家が妖狐の一族であるという情報だった。

神月は廃墟となった旧帖尾家と帝都警察に目を付け、数多くの悪事に手を染めていた、というわけである。

神月が逮捕されたと同時に、帝都警察での問題も浮き彫りになった。

出世をするためには手段を問わない内部の体質が、表沙汰《おもてざた》となってしまったわけである。

帝都警察の本部には毎日のように記者が押しかけ、混乱状態にあるという。

これからどうなるのかはわからない。ただ、これまで以上に悪くなることはないだろう。

帝都の正義の象徴として、正しい姿を取り戻してほしいと思った。

◇◇◇

母の亡骸《なきがら》は父と共に引き取った。空に昇っていく母を、父と共に見守る。

天気がよくてよかった。気持ちが少しだけ晴れに引っ張られるから。

父が重たい口を開いた。

「ずっと、お前の母を誤解していた。そのせいで、お前にも辛《つら》く当たってしまった。本当に、済まなかったと思っている」

「ええ」

もうすべて終わったことだ、なんて言うつもりはない。

この先も母を思い出すたびに、何度も何度も心をヒリヒリと痛めてほしい。

なんて、我ながら性格が悪いな、と思ってしまった。

私のこういうところは父親似なのだろう。

「来年は喪中《もちゅう》になりますね」

お正月の準備をしていたのだが、ひっそりと新年を迎えることになりそうだ。

「何を言っている？　喪中なんぞ、人間共が勝手に決めたもんだろうが。俺達は妖狐の一族だ。人間達の慣習なんかに従う必要はない」

「よろしいのでしょうか？」

「新年から陰気くさく過ごすよりも、お前が明るく楽しく過ごしていたほうが、瀬津子《せっこ》も喜ぶだろう」

父と共に再び空を見上げる。晴れ渡っていて、きれいな晴れ模様だと思った。

◇◇◇

夫と話していたとおり、事件は年内に解決した。母の喪に服すことについて、夫も気にしていたようだが、今回は父の考えに従おうと思う。

久しぶりに祁答院《けどういん》家で新年をお祝いするのだ。みんなで楽しく、賑《にぎ》やかに過ごしたい。

落ち込んでしまうような気持ちも、吹き飛ばしてくれるだろう。

そんなわけで、お正月の準備は最終段階へ移る。

大鍋《おおなべ》で煮染めを煮込み、甘い伊達《だて》巻《ま》きを焼いて、紅白かまぼこを切り分ける。

重箱に詰めるさいにできる、伊達巻きやかまぼこの端っこを食べるのは、八咫烏《やたがらす》と那々《なな》の仕事だった。もちろん、その様子を見守っている伊万里《いまり》にあげることも忘れない。

皐月《さつき》さんもやってきて、御節《おせち》供作りを手伝ってくれた。

なんとか完成させ、ホッとするのも束《つか》の間《ま》のこと。続いてそば打ちが始まった。

年越しそばは健康を願い、厄災《やくさい》を遠ざけ、良縁を引き寄せる。年末には欠かせないものだろう。

皐月さんは年越しそばに載せる具を作ってくれた。

「祁答院家の年越しそばは、海老《えび》の天ぷらとシュンギク、ネギって決まっていますの」

具のひとつひとつにも、意味があるのだという。

「海老は長寿祈願、シュンギクは繁栄《はんえい》、ネギは労《ねぎら》う――それらを食べることによって、年末に縁起《えんぎ》を担《かつ》ぐというわけです」

なんとか年越しそばの準備を終え、ホッと胸をなで下ろす。

まだまだ年末の行事は終わらない。庭では餅《もち》つき大会が行われた。

天狗《てんぐ》の兄弟である右近坊《うこんぼう》と左近坊《さこんぼう》がやってきて、杵《きね》を握って豪快《ごうかい》に餅をついていた。

「ぬん！」

「ふん！」

「せい！」

「やあ！」

時間がかかる餅つきを、あっという間に終わらせてくれる。

ついたお餅はみんなで集まって、丸めたり、伸ばしてのし餅にしたりと、それぞれ形を整えていく。

天邪鬼《あまのじゃく》達もやってきて、楽しそうに餅を手のひらで転がしていた。

那々は人間の手に変化させることに集中し、真剣な眼差《まなざ》しでお餅にあんこを包んでいる。

人間の手を保っているからか、顔が完全に狸だった。とてつもなくかわいいので、そのままの那々でいてほしい。

皐月さんは初めてお餅に触れたようだが、上手《うま》く丸めることができない、と悔《くや》しそうだった。

その一方で、夫は初めてお餅に触ったのに、きれいな丸を作っていた。それに気付いた皐月さんが、「どうして伊月《いつき》だけ上手くできますの!?」と地団駄《じだんだ》を踏んでいた。

夫は「気持ちの問題だろう」と皐月さんを煽《あお》るような発言をする。

世界にたったふたりしかいない姉弟なのだから、どうか仲良くしてほしい。

途中でゆきみさんもやって来て、見事な鯛《たい》をお土産《みやげ》に持ってきてくれた。尾頭《おかしら》付きの塩焼きにして、みんなでいただこう。

皆、ぜんざいにお餅を入れて食べ始める。ゆきみさんにはダイコン下ろしに醤油《しょうゆ》をかけたものを振る舞った。冷たいお餅もおいしい、と絶賛してくれた。

夜になり、帝都から聞こえる除夜の鐘を聞きながら、年越しそばをいただく。

ここでも、ゆきみさんには冷たい年越しそばを用意した。

シュンギクが入った年越しそばは初めてだったが、ほどよい苦みが甘めの汁《つゆ》と相性がよく、とってもおいしい。

皐月さんのおかげで、祁答院家の味を再現できたわけだ。


あっという間に時間が過ぎ、新年を迎えた。

重箱に四段も重なった御節供《おせちく》は机の中心に置き、昨日の晩から仕込んでいたお雑煮《ぞうに》を添える。それを、家族やあやかし、天狐《てんこ》らと一緒に囲んだ。

皐月さんが御節供の意味について披露してくれる。なんでも今日のために、いろいろと調べてきてくれたらしい。

「御節供は〝幸福を重ねる〟という願いが込められているので、このように重箱に詰められるようです」

壱《いち》の重と呼ばれる一段目には口取り用の料理――栗きんとんに伊達巻き、田作りに黒豆、数の子などが詰められる。

「中でも黒豆、田作り、数の子は〝三種の祝いの肴《さかな》〟と呼ばれる、子孫繁栄《しそんはんえい》、家内安全などの、縁起担《えんぎかつ》ぎのお料理が詰められております」

続いて、弐《に》の重は海産物を使った料理が詰められている。

「めでたい、という意味のある鯛や、出世魚である鰤《ぶり》など、縁起がよいとされる海の幸《さち》を食べるそうです」

三段目、参《さん》の重は酢の物が詰められる。

「箸休めとして、おめでたい紅白なますに、酢レンコン、菊花カブをいただきます」

紅白なますは縁起物の水引《みずひき》を思わせる料理で、平和や平安を願う。菊花カブは飾り切りにしたカブを紅に染めたもので、染めていないカブも添えて、紅白で縁起を担ぐ一品だ。

酢れんこんは穴が多い野菜なので、将来を見通し、明るい一年を願うのだとか。

「与《よ》の重は山の幸を使った煮物料理です」

たくさんの具材を一緒に煮込むことから、家族がみんなで仲良く楽しい一年を送るような願いが込められているようだ。

料理の順番は、家庭によって異なるらしい。祁答院家では、壱の重は口取り料理、弐の重は海産物、参の重は酢の物、与の重は煮物となっている。

「瀬那さんの受け売りも多くありましたが、御節供はこのような意味が込められているようです」

今日のために、皐月さんはたくさん調べ物をしてくれたのだろう。拍手をして労《ねぎら》う。

最後に、夫が音頭《おんど》を取った。

「では、皆の者、今日は無礼講《ぶれいこう》だ。存分に楽しめ」

夫が乾杯、と言うと、各々《おのおの》飲み物を掲《かか》げた。

早速、御節供をいただく。お萩《はぎ》が丁寧《ていねい》に取り分けてくれた。

夫はまず、黒豆を食べてくれたようだ。

「瀬那、この黒豆はよくできている。おいしい」

「それはようございました」

黒豆は皐月さんと一緒に作ったのだと言うと、夫は嬉しそうに頷《うなず》きながら話を聞いてくれる。

皐月さんは目の前に座っていた右近坊と左近坊に、料理の意味を説明している。

双子の天狗は興味津々《しんしん》な様子で、こくこくと話を聞いていた。

天邪鬼《あまのじゃく》達は思いのほか、大人しく御節供を食べていた。料理の品数が多いので、飽《あ》きずに楽しんでいるようだ。

その近くで、ゆきみさんが冷製お雑煮を食べている。お口に合ったようで、満足げな様子で頷いていた。

那々は栗きんとんが気に入ったようで、瞳をキラキラ輝かせていた。伊万里はもっと食べるか、と優しい微笑《ほほえ》みを浮かべながら聞いている。

八咫烏は田作りを食べるのに夢中になっているようだ。隣にいた虫明《むしあげ》にも、これがおいしいと勧めているように見える。

みんな楽しそうに過ごしている。見ているだけで、幸せな気持ちになった。

「瀬那、正月というものは、楽しいな」

夫が美しい笑みを浮かべ、嬉しいことを言ってくれる。

「はい!」

私は元気よく、返事をしたのだった。


一時期は喪に服し、静かに過ごそうと思っていた。けれども父の考えを取り入れた結果、大変楽しい年末年始を送ることができた。

年が明けて数日後、夫と一緒に母のお墓参りをした。

夫は丁寧に自らを名乗り、母に挨拶《あいさつ》をしてくれる。そして年末年始は騒いでしまったことを謝罪していた。

最後に、夫は母の前で思いがけないことを口にする。

「この先、瀬那さんのために生き、私の生涯《しょうがい》をかけて幸せにします。だからどうか、見守っていてください」

夫の決意を聞きながら、母の墓前で涙してしまう。

一緒に頭を下げながら、夫と結婚できて本当によかったと思った。

◇◇◇

季節は瞬く間に流れていく。私と夫の日常は変わらないまま。

朝になれば畑を耕し、野菜を収穫する。採れたての野菜を使って朝食を作り、一緒に食べて、夫を見送る。

掃除《そうじ》をしたり、料理をしたり、遊びにきたあやかしをもてなしたり――忙しい毎日であった。

この先も変わらずに、ずっとこのような毎日を過ごすだろう。そう思っていた私に、大きな変化が訪れる。

それは朝、味噌汁の味見をしているときに訪れた。

「――うっ！」

味噌汁を口にした瞬間、具合が悪くなってしまう。目眩《めまい》を覚え、寝込んでしまった。

夫が医者を呼び、安静にしているように言われる。過保護な彼は仕事を休むと言って、傍にいてくれた。

やってきた医者は、思いがけない診断を口にしたのだ。

「おそらく妊娠《にんしん》されているのかと」

なんと、驚くことに、私のお腹に新しい命が宿っているらしい。

夫と顔を見合わせ、涙してしまった。

「狐狗狸《こっくり》さんが伝えたお告げの意味は、これだったのか」

「ああ――！」

〝いずれ大きな宝に恵まれるだろう〟それは夫が聞いたお告げであった。

思いがけない宝物を、狐狗狸さんは私達にもたらしてくれた。

それから私達夫婦のもとに、愛らしい子どもが生まれる。

ひとり目は女の子で、ふたり目は男の子、最後は男女の双子で、祁答院家は大賑《おおにぎ》わいとなる。

いつもいつでも明るい光が差し込み、幸せで満ち溢《あふ》れる家庭を築いたのだった。

集英社オレンジ文庫をお買い上げいただき、ありがとうございます。
ご意見・ご感想をお待ちしております。

●あて先
〒101-8050　東京都千代田区一ツ橋2-5-10
集英社オレンジ文庫編集部 気付
江本マシメサ先生

集英社
オレンジ文庫

あやかし華族の妖狐令嬢、陰陽師と政略結婚する 3

2023年5月23日　第1刷発行

著　者　江本マシメサ
発行者　今井孝昭
発行所　株式会社集英社
〒101-8050東京都千代田区一ツ橋2-5-10
電話【編集部】03-3230-6352
【読者係】03-3230-6080
【販売部】03-3230-6393（書店専用）
印刷所　凸版印刷株式会社

ISBN 978-4-08-680501-8 C0193

集英社オレンジ文庫

水島 忍

月下冥宮の祈り

冥王はわたしの守護者

名前以外の記憶をなくして冥界で
目覚めたミラン。冥界の王リヒトによれば、
何らかの理由で魂が肉体から
離れた状態だという。元に戻るため、
冥界の仕事を手伝うことになるが…?